좋아한다

좋아한99다

글 · 그림 **김혜민 박명필**

이상을 일상으로 만드는 청춘UP 에세이

좋아서 사는 삶을 위한 마이웨이 장려 프로젝트!

마음의숲

_________ 를 좋아하는

_________ 에게

Contents

01
그래서 살아간多
이토록 소중한 오늘

02
오늘도 치열하多
정丁이 넘치는 직장 생활

03
나는 내 갈 길 간多
어차피 한 번 뿐인 인생

04
우리는 사랑한多
인생에서 가장 뜨거운 순간

05
한때는 사랑했었多
뜨거움의 반대말

06

결국엔 사람이多

마지막에 남는 것

프롤로그

어쩔 수 없이, 억지로 사는 사람이 꽤 많아 보인다.
한때는 우리 역시 그랬다.
좋아하지 않는 일을 하고, 하기 싫은 말을 하고,
마음에 없는 행동을 하고, 조금이라도 미움받지 않기 위해서
또는 인정받기 위해서 눈치 보며 지냈다.
그러다 보니 우리가 무엇을 즐거워하고 신나하는지 잊어버리고 살았다.

어느 긴 연휴에 심심해서 끄적여본 그림 한 장과 짧은 글이
우리를 여기까지 끌고 왔다.
무언가를 하면서 '좋다'는 감정을 느낀 게 얼마 만이었는지 모른다.
그렇게 찾아온 설렘을 잊지 않기 위해,
이왕이면 좋아하는 것을 하면서 살아가자고 약속했다.

아무것도 아닌 우리가 무슨 배짱으로
월급을 포기하고 세상 밖으로 나왔는지 모르겠다.
그러나 생각해보면 형태와 색은 조금씩 변해도
관심 있고 좋아하는 일은 항상 선명히 있었다.
비록 하루 벌어 하루 사는 하루살이일지라도,
좋아함의 이유로 우리는 살아가고 있다.

그림에도 힘든 일은 어김없이 생기고,
생각처럼 안 풀리는 일은 더 많으며,
억지로 하는 일은 여전히 존재한다.

그러나 이전과는 분명 다른 삶이다.
이전엔 대부분의 시간을 억지로 보냈다면,
지금은 그 반대이다.
100퍼센트 좋아하는 것만 할 수는 없겠지만,
70퍼센트의 즐거운 일로 30퍼센트의 싫은 일을 이겨낼 수 있다.

언제 끝날지 모르는
한 번 뿐인 인생을 사는 우리 모두에게 바라본다.
하고 싶은 거 하면서 지내는 시간들이 조금씩 더 많아지기를.
그 시간들이 모여 당신에게 큰 위로가 되기를.

등장인물

정 대리

일에서도 연애에서도 힘없고 정이 많아 갑을병'정'.
세운 머리카락이 힘의 근원이나 야근이 길어질수록 축축 처진다.
꿈은 멋지게 늙은 할아버지가 되는 것.

우리 씨

퇴근 후 마시는 맥주를 사랑하지만 과장님 덕에 번번이 실패한다.
취미는 사랑, 특기는 걱정.
좋아하는 일을 하면서 즐겁게 사는 게 목표다.

뿌 군

어릴 땐 꿀을 좋아했으나 이젠 술이 더 좋은 곰돌이 '뿌'.
사랑할 땐 한없이 듬직한 순정파.
빨간 옷을 교복처럼 입고 다닌다.

고 양

사랑 찾아 떠도는 낭만 고양이.
빨간 옷의 곰에게 반해 종족을 뛰어넘는 사랑을 하고있다.

Beer

01

그래서 살아간多

이토록 소중한 오늘

오늘도

좋아하는 거
많이 하면서
신명 나게 살아보자!

내가 어떤 모습으로 살아갈지
선택할 수 있는 건

오직 나 자신 뿐이다.

나의 달력

에티오피아에 가면 타임머신을 타지 않고도 과거를 여행할 수 있다.
에티오피아에서는 12월이 지나면 13월 1일의 해가 뜬다.
그래서 우리보다 약 7년이 느리다.
2016년 9월이 되면 에티오피아는 2009년의 새해가 밝는다.
2016년과 2009년이 공존하고 있다는 게 말도 안 되는 일 같지만,
에티오피아는 그들의 달력을 따르고 있는 것뿐이다.

9월에 태어났으니 자신의 1년은
'가을-겨울-봄-여름'으로 흘러간다는 어느 노래 가사처럼
새해가 꼭 1월 1일일 필요는 없다.
크리스마스가 겨울이 아닌 나라도 있고,
여름 내내 해가 지지 않는 나라도 있다.

기준이란 정하기 나름이다.
중요한 건 자신만의 관점으로,
자신만의 속도로,
자신만의 하루를 사는 것이다.

SUMMER
merry Christmas!

학생의 삶

가끔 학창 시절이 그리울 때가 있다.

청소년 할인제도를 누릴 수 있는 것
무려 일 년에 두 번씩이나 방학이 있는 것
부끄러운 말실수도 귀엽게 넘어갈 수 있는 것
'오늘 점심은 뭐 먹지?' 걱정하지 않아도 되는 것
쉬는 시간, 점심시간, 퇴근시간이 완벽 보장되는 것
꾀병으로 조퇴도 해보고 가끔은 땡땡이도 쳐보는 것
매일 아침 뭘 입어야 하나 옷장 앞에서 고민하지 않아도 되는 것
묻지도 따지지도 않고 친구라는 단어 하나로 똘똘 뭉칠 수 있는 것
작은 일도 크게 느껴지지만 그만큼 사소한 것에도 크게 웃을 수 있는 것

끝도 없는 시험에 지치고 여러 가지 제약도 많지만,
학생의 삶에서만 가질 수 있는 싱그러움이 있었다.

어른의 삶

학창시절을 돌아보며 '그때가 좋았지' 하지만,
어른인 지금도 꽤 좋다.

왜인지 극장을 통째로 빌린 것 같은 느낌이 드는 심야영화를 맘껏 보는 것
잊을 만하면 찾아오는 중간고사와 기말고사에 시달리지 않아도 되는 것
개학 일주일 전부터 미친 듯이 해치워야 하는 숙제가 없는 것
교과서에서는 배우지 못하는 지식과 지혜를 배우는 것
그래서 조금이라도 더 나은 사람이 되어있는 것
내가 번 돈을 쓰고 싶은 곳에 자유롭게 쓰는 것
청소년관람불가 영화를 맘 놓고 볼 수 있는 것
언제든지 음주가무를 즐길 수 있는 것
투표의 권리를 행사할 수 있는 것

예전보다 책임져야 할 것이 더 많다는 걸 알지만,
어른의 삶이라서 누릴 수 있는 행복이 많이 있다.

감정의 씨앗

"좋아한다."
어쩌면 가장 흔한 말이면서
가장 원초적이고 순수한 말이다.

좋으니까 아끼고,
좋으니까 기쁘고,
좋으니까 즐겁고,
좋으니까 사랑하고.
그렇게 모든 긍정적인 마음에는 좋아하는 감정이 깔려있다.

좋아하는 감정은 씨앗 같은 것이다.
그 감정의 씨앗에 싹이 나서 아끼는 마음이 되고,
잎이 나서 기쁘고 즐거운 마음이 되고,
꽃이 피어서 사랑하는 마음이 된다.

씨앗은 그대로 존재할 수도 있고,
씨앗이 자라 잎이 나거나 꽃이 필 수도 있다.
씨앗을 발견하고 키우는 건 우리의 몫이다.

좋아하는 마음을 찾았으면 좋겠다.
더 많이 좋아했으면 좋겠다.
그렇게 언제까지나 좋아하는 것들을 곁에 두고 살았으면 좋겠다.

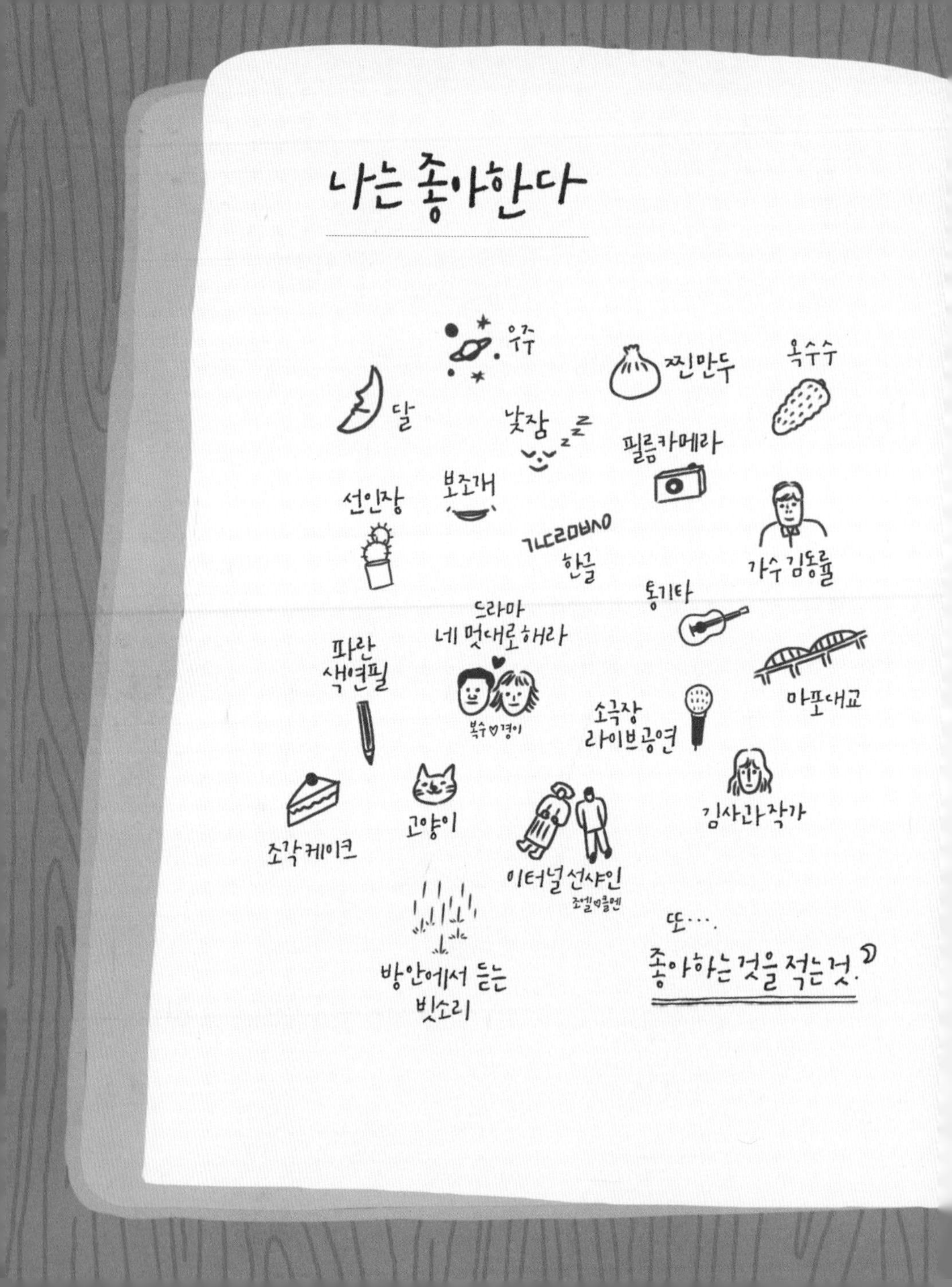

나는 좋아한다
우주
찐만두
옥수수
달
낮잠 zzz
필름카메라
보조개
선인장
ㄱㄴㄷㄹㅁㅂㅅㅇ
한글
가수 김동률
통기타
드라마
네 멋대로해라
파란
색연필
복수♡경이
마포대교
소극장
라이브공연
김사과작가
조각케이크
고양이
이터널 선샤인
조엘♡클렘
또...
좋아하는 것을 적는것.
방안에서 듣는
빗소리

좋아하는 것을 적고, 생각하고, 상상해보는 것이 우리에게 작은 행복을 가져다주기도 해요.

당신은 무엇을 좋아하나요? 좋아하는 것을 적어보세요.

If you want,

지혜로운 삶을 위한 몇 가지 조언

하나. 사랑받고 싶다면,
먼저 진심으로 사랑하자.

둘. 건강하게 살고 싶다면,
육체 근육뿐만 아니라 마음 근육을 키우자.

셋. 좋은 사람이 되고 싶다면,
좋은 행동을 하기 전에 나쁜 행동부터 바로잡자.

넷. 내가 알고 있는 것보다 더 큰 세상을 알고 싶다면,
어디든 떠나보자.

다섯. 하루가 버겁다고 느껴진다면,
의도적으로 아무것도 안 하는 시간을 만들어보자.

마지막. 이상을 일상으로 만들고 싶다면,
좋아하는 것을 힘껏 좋아해보자.

이것은 무엇일까요?

하나. 우리는 모두 따뜻한 이것을 원해요.
둘. 이것은 나누면 나눌수록 더 커져요.
셋. 우리는 머리가 아닌 이것이 시키는 일을 할 때 행복해요.

이것은 무엇일까요?

잃어버린 저녁을 찾아서

저녁이 있는 삶.
어느 정치인이 선거 문구로 내걸었던 말이다.

매년 조사하는 OECD 주요 노동지표에서
한국인의 연간 근로시간이 가장 길다는 결과가 나왔다.
대부분의 시간을 일로 보내니 삶의 질도 낮을 수밖에 없다.

마르셀 프루스트의 소설《잃어버린 시간을 찾아서》처럼
우리 사회는 지금 잃어버린 저녁을 찾아야 할 때인 것 같다.

바쁘고 삭막한 사회에선
먹고 자고 쉬고 읽고 사랑하는 단순한 삶의 리듬이
쉽게 이루어지지 않을지도 모른다.
그럼에도 우리는 잊지 말아야 한다.
우리에게도 저녁이 있다는 것을.

가족과의 따뜻한 저녁 한 끼,
친구와의 즐거운 수다,
연인과의 달콤한 데이트,
팍팍한 일상의 활력소인 취미 생활.

저녁이 있는 삶이야말로 인간다운 삶을 회복하는 첫걸음이다.
그래서 오늘은 잃어버린 저녁을 찾기로 한다.
그 저녁이 모여 인간다운 삶이 될 수 있도록.

오늘 할 일

사무실 화분에 물 주기
길 고양이에게 밥 주기
목적지보다 한 정거장 먼저 내려 걸어가기
좋아하는 한 문장 필사하기
친구들에게 안부 전화하기
일회용 컵 대신 머그잔 사용하기
좋아하는 풍경 사진 찍기
고마웠던 동료에게 자그마한 선물하기
소소한 저녁 식사 만들어 먹기

대단하지 않아도
잘하지 못해도
누군가 좋아해주지 않아도
내가 즐겁게 할 수 있는 일 찾아서 하기

이런 내가 싫다

술을 진탕 마시고 밤새 속을 게워냈다.
내 다시는 술을 먹지 않으리 다짐했지만,
며칠 뒤 다시 숙취에 허덕이는 나를 발견했다.

매일 아침 눈뜰 때마다 생각한다.
'오늘은 진짜 일찍 자야지.'
어느새 새벽 3시가 넘어가고 있다.
이놈의 스마트폰!

거의 다 작성한 문서를 '응답없음'으로 몽땅 날려먹은 뒤,
중요한 파일은 미리미리 저장하겠다고 마음먹었다.
그러나 후회는 움직이지 않는 마우스를 마주할 때 다시 반복된다.

마트에서 유통기한이 얼마 안 남아 1+1 하는 우유를 득템했다.
냉장고를 열어보니 우유가 며칠째 발효되고 있다.
다음엔 그냥 유통기한이 넉넉한 걸로 사야겠다고 다짐했다.
그러나 마트 행사 날, 내 손은 파블로프의 개처럼 1+1에 조건반사!

잊을 만하면 같은 실수를 반복하는 나.
내 단점을 누구보다 잘 알지만 고쳐지지 않는 나.
좀 변했다 싶었는데 어느 순간 다시 되돌아가 있는 나.

이런 내가 정말 싫다!

정신 차려,
이 친구야~

의미 없는 가정보다는

만약 내가,
뛰어난 외모에
돈 많고 여유로운 집안에서 태어난
타고난 인재였다면
내 삶은 좀 더 행복했을까?

그러나 그건 의미 없는 가정일 뿐.
번개 맞기보다 어렵다는 로또 당첨이 되지 않는 이상,
인생이 한 번에 바뀔 리 만무하다.

그보다
내가 이미 갖고 있는 것과
내가 할 수 있는 작은 일들을 소중히 여기다보면
우리 삶은 좀 더 행복해질 것이다.

나는 나대로

사람도, 동물도, 자연도, 모두 저마다의 속도를 갖고 있듯
나는 나만의 보폭을 가지고 있다.

내 속도는 생각하지 않고 다른 사람을 쫓아가기에만 급급하다 보면
어느 순간 더 초라하고 작아질 뿐이다.

그들은 그들대로, 나는 나대로
각자의 페이스대로 걸어가도 충분하다.

포기

'내 한 몸 건사하기도 벅찬데 연애할 여유가 어딨어.'
'모아둔 돈은 없고 집값은 너무 비싸고… 대체 결혼은 어떻게 하지.'
'돈도 벌어야 하고 집안일도 해야 하는데 아이는 언제 키우지?'
'서울에서 집 사려면 10년 동안 한 푼도 안 쓰고 모아도 안 될 것 같은데….'
'이제 정말 친한 사람이 아니고서야 사람들 만나는 것도 부담스러워.'
'어릴 때 하고 싶었던, 이루고 싶었던 꿈 같은 건 사치처럼 느껴져.'
'매일 야근에, 철야에 몸이 남아나지를 않아.'
'이래저래 바쁘게 사느라 예쁘게 꾸며본 지도 정말 오래됐어.'

우리는 가지고 싶은 많은 것 중 적어도 하나는 포기하며 산다.
필요 없어서 포기하는 것이 아니라 가질 기회조차 없는 것이다.
터무니없이 높은 집값, 만만치 않은 사교육비,
그에 비해 턱없이 낮은 임금, 늘 빠듯한 생활비,
고된 노동, 불안한 취업시장.

먹고살기 힘들어서 연애도, 결혼도, 인간관계도 모두 부담스러워진다.
그렇게 그것들은 삶의 선택지에는 없는 항목이 되어버리고 만다.

어떤것이든
포기하셔야 합니다.

바보 같은 짓이지만

SNS에 올라오는 사진들을 보면 사람들은 모두 행복해 보인다.
물론 그것이 삶의 전부라고 생각하진 않는다.
가장 맛있어 보이는, 가장 행복해 보이는, 가장 아름다워 보이는
그 한 장을 위해 버려진 수십수백 장의 사진처럼
보이지 않는 또 다른 삶의 이면이 있을 것이기 때문이다.

하지만 잠이 오지 않는 밤이면
나와는 달리 즐겁고 신나 보이는 그들의 일상을 훔쳐보고는
부러움 반, 질투 반 복잡 미묘한 감정에 휩싸이고 만다.

수도꼭지를 틀어보자

요즘 사람들은 불행은 돌에 새기고 행복은 물에 새기는 것 같다.
즐겁고 행복했던 기억은 쉽게 잊고,
슬프고 불행했던 기억은 오래도록 남겨둔다.

그러나 마음 깊숙한 곳에는 분명
좋았던 순간, 좋았던 내 모습이 남아있을 것이다.

큰맘 먹고 난생 처음 혼자 여행을 떠났을 때
온 가족이 옷 맞춰 입고 가족사진을 찍었을 때
열심히 준비한 시험에서 좋은 성적을 받았을 때
힘들어하는 친구에게 작게나마 도움을 주었을 때
공들여 준비한 프로젝트에서 기대 이상의 성과를 냈을 때
방과 후 친구들과 단골 떡볶이집에 모여 수다를 떨었을 때
어떤 노래에 빠져 온종일 그 노래만 흥얼거리며 즐거워했을 때
못난 글씨이지만 좋아하는 선생님께 손으로 꾹꾹 눌러 쓴 편지를 보냈을 때

거창하지 않아도 좋다.
그저 '그때의 나 참 좋았지' 혹은 '그때 나 꽤 괜찮았지' 했던 순간이면 된다.
저 먼 기억 속 스스로가 정말 마음에 들었던 순간을 꺼내보자.

그 기억이 오늘을 버티는데 작은 힘이 되어줄 수 있다.

나쁜 기억은 행복의 홍수 밑으로 보내 버려.
수도꼭지를 트는 일은 네 몫이란다.

-영화 <마담 프루스트의 비밀정원>

DO!

아무리 머리가 좋아도 가만히 있으면
열심히 공부한 사람보다 성적이 좋을 수 없다.

아무리 학점이 좋아도 이론만 알고 있으면
관련 실무에서 경력을 쌓은 사람을 당해낼 수 없다.

아무리 로맨스 소설과 영화와 드라마를 줄줄 꿰며
주인공의 상황과 감정에 수없이 빙의해도
진짜 사랑을 해본 사람은 다르다.

공부도,
일도,
사랑도,
해봐야 는다.

DO!
TOMATO
BOOKS
1
2
3

THIS
MOMENT,
LIFE IS
BEAUTIFUL

살아있길 잘했다

감명 깊은 전시를 봤을 때
다시는 없을 것 같은 좋은 음악을 들었을 때
구구절절 마음을 후벼 파는 책을 읽었을 때
며칠이 지나도록 여운이 남는 영화를 봤을 때
제일 좋아하는 뮤지션의 공연에 갔을 때
아름답고 따뜻한 장소를 발견했을 때
좋아하는 사람들과 좋은 얘기를 하며 맛있는 걸 먹을 때
소중한 추억이 담겨있는 사진첩을 꺼내 볼 때
어딘가 훌쩍 떠나 이제껏 느껴보지 못한 감정을 느꼈을 때
꿈에 그리던 직장에 취업했을 때
처음 받은 월급으로 부모님께 작은 선물을 했을 때
내가 좋아하는 사람이 나를 좋아할 때
내가 사랑하는 사람들이 나로 인해 기뻐할 때

소소하지만 이토록 소중한 순간들이 있어 삶이 살아진다.

긍정 결론의 폐해

마음이 복잡하거나 정리가 필요할 때 일기를 쓰곤 하는데,
습관처럼 마무리는 꼭 긍정적인 말로 끝내려고 한다.
우울한 내용을 잔뜩 쓰고서 마지막엔
'그래도 힘내야겠다.'
'그럼에도 난 할 수 있을 것이다.'
'하지만 괜찮다.'
따위의 마음과 상반되는 긍정 결론을 내는 것이다.
물론 쓰다 보면 정말 힘이 나거나 괜찮아지는 경우도 있다.
그러나 사실 그 일기가 끝날 때까지
복잡한 마음이 해결되지 않는 경우가 대부분이다.

'힘내야겠다' 백 번 마음먹어도 힘 따위 안 날 때가 있고,
'할 수 있다' 백 번 외쳐봐도 도저히 할 수 없을 것 같을 때가 있고,
'괜찮다' 백 번 되뇌어도 하나도 안 괜찮을 때가 있다.
그러니까 무조건적인 긍정 결론은
그렇지 못한 내게 더 심란함을 안겨줄 뿐이다.

때론 힘 좀 안 나면 어떻고, 할 수 없으면 어떻고, 괜찮지 않으면 어떤가.
괜찮지 않아도 괜찮다.

지금
괜찮지
않아도
괜찮아!

이게 맞는 건지,
내가 잘하고 있는 건지,
더듬더듬 헤매면서 살아가고 있다.

HAPPY
100
HAPPY
100

기준의 문제

어느 교수는 말했다.
“행복에 대한 기대치를 낮추라.”
사람들이 불행하다고 느끼는 이유 중 하나가
정체된 현실에 비해 기대치가 너무 높다는 것이다.
그러나 나는 “행복에 대한 기대치를 낮추라”가 아니라
“자신만의 행복을 찾으라”고 말하고 싶다.

혹시 행복의 기준 앞에 타인의 관점이 숨어있는 건 아닌지,
자신이 꿈꾸는 행복이 사회적 기준 의해 왜곡되고 있는 건 아닌지,
한 번은 생각해봤으면 좋겠다.

누군가에게는 평수 넓은 집, 값비싼 외제차, 한정판 명품백이
행복이 될 수도 있고,
또 다른 누군가에게는 부모님께 선물 받은 첫 출근을 위한 양복 한 벌,
좋아하는 사람과 마시는 커피 한 잔의 설렘,
삶에 길을 잃을 때마다 꺼내 읽을 인생책 한 권이
행복이 될 수도 있다.

행복의 기준에 정답은 없다.
다만, 타인의 기준에 맞춰 사는 삶은 행복이 될 수 없다.
우리가 행복에 다가갈 수 있는 가장 쉬운 방법은 단 하나이다.

타인의 행복이 기준이 되는 삶이 아닌,
자신의 행복이 기준이 되는 삶을 살라.

나쁜 것만은 아니에요

돼지는 하늘을 올려다볼 수 없다.
오래전부터 감자와 고구마 같은 먹이를 찾아
땅을 파헤치며 생존하다 보니 목이 굳어진 채 진화했고,
지금은 어느 각도 이상 고개가 들리지 않는다.
그렇다면 돼지는 영영 아름다운 하늘을 볼 수 없는 걸까?
나는 돼지가 하늘을 볼 수 있는 방법을 알고 있다.

그건 바로 넘어지는 것.

땅만 보고 걸어 다니던 돼지가
아름다운 하늘이 있다는 걸 깨닫게 되는 순간은
바로 넘어질 때이다.

사람도 마찬가지다.
아등바등 참고 버틸 때보다
가끔은 넘어지고 쓰러졌을 때 더 많은 것을 보기도 한다.

그러니 비틀대고 휘청거릴 땐
넘어지지 않으려고 애써 힘겹게 버티기보단
가끔은 그냥 넘어져보자.

넘어져야만 알 수 있는 것도 있다.

02

오늘도 치열하多

정丁이 넘치는 직장 생활

갑
을
클라이언트
대표

병…!
정
상사
나

취업 전/후

취업 전엔
친구 만날 시간은 많은데 매일 놀자니 돈이 없고,
해외여행 갈 시간은 많은데 비행기표 끊을 돈이 없고,
걱정 없이 밤새 놀 시간은 많은데 1차 가고 나니 돈이 없고,
이것저것 배울 시간은 많은데 수강료 낼 돈이 없고,
취업 전엔 시간은 많은데 기승전 돈이 없다.

취업 후엔
친구를 만나고 싶어도 다들 바빠 여유가 없고,
해외여행을 가고 싶어도 일이 많아 휴가 낼 여유가 없고,
오랜만에 만난 친구들과 밤새 놀고 싶어도
내일 아침 출근 걱정에 여유가 없고,
재밌고 새로운 걸 배우고 싶어도 퇴근하고 배울 여유가 없고,
취업 후엔 하고 싶은 건 많은데 기승전 여유가 없다.

원래 돈이 많거나
복지 좋은 직장에 다녀 여유를 즐기는 사람도 있겠지만,
나 같은 보통 중의 보통 사람에게
취업 전과 취업 후는 양립할 수 없다.
시간적 여유와 주머니의 풍족함은
끝없는 평행선처럼 도저히 만나지지 않는다.

교통대금 출금잔액이 부족합니다.
띠롱~
메일 확인 부탁드려요!
띠롱~
청구금액 70,500원 잔액부족

늘 하는 출근인데도

일요일 밤이면 왠지 평소보다 더 심란하다.
일주일을 또 어떻게 견디나 싶다가도
괜찮다고, 잘할 수 있다고 나 자신을 다독여본다.
무탈한 한 주가 되기를 소원하면서.

알 수 없음

세상에는 미스터리하고 알 수 없는 일들이 참 많다.

17척의 배와 15대의 비행기가 흔적도 없이 사라진
대서양의 블랙홀 버뮤다 삼각지대,
그 많은 돌을 어떻게 다 옮겼는지 알 수 없는
아름다운 공중 도시 마추픽추,
높이 38미터, 무게 1150톤의 조각상을
어떻게 만들어 산정상까지 올렸는지 궁금한
거대 규모의 브라질 예수상,
여러 차례 보수 작업에도 불구하고 여전히 기울어져있는
이탈리아의 신비한 피사의 사탑.

WE DON'T KNOW

그리고 일을 일찍 끝내건 늦게 끝내건
나는 결코 알 수 없는

오늘 퇴근시간

오늘의 분위기 예보

이른 아침 부장님의 저기압 영향을 받아
부서 내 흐린 분위기가 계속될 예정입니다.
평소보다 한숨 소리가 크고, 미간에 주름이 깊게 파인 것으로 보아
온종일 환한 웃음은 기대하기 어렵겠습니다.
작은 일로 트집이 잡힐 수 있으니 언행에 특별히 유의하시기 바랍니다.

오늘 보고서 통과 지수는 10퍼센트로
이미 결재받은 보고서라도
다시 작성하는 경우가 생길 수 있으니 각별히 주의하시는 게 좋겠고,
새로 결재받아야 하는 보고서라면 심하게 면박받을 수 있으니
가능하다면 다음으로 미루시는 게 좋겠습니다.

다가오는 금요일은 황금연휴에서 불어오는 고기압의 영향으로
종일 맑을 것으로 예상됩니다.
부장님도 오랜만에 쾌청한 분위기 보이실 텐데요.
대부분의 결재는 그날 받으시는 게 좋을 것으로 전망됩니다.

이상 분위기 기상정보였습니다.

MORNING TODAY
고
저
에휴….
망했다.

대체
나한테
왜 이러세요.

빨리는 그럴 때 쓰는 말이 아닙니다

깔끔하지만 심심하지 않고
대중적이지만 뻔하지는 않게
무난히 예쁘면서 특별한 그런 걸
어떻게 빨리 하란 말이죠?

열정은 헐값이 아닙니다

열정을 헐값에 살 수 있다고 생각하는 사람들 밑에서 일하면,
끓어오르던 열정도 식기 마련이다.

그들이 이런 말을 할 때면 마치 **마음의 소리**가 들리는 것 같다.

돈보다 꿈을 좇아야지.

좋아하는 일 하는데 보상까지 바라려고?

경험은 돈 주고도 못 사.

경력도 없는데 일 배운다 생각해야지?

가족처럼 생각해.

회사가 곧 집이지. 수당은 못줘도 야근은 필수야.

우리 회사는 앞으로 가능성이 많아.

앞으로 상황 좋아지면 월급은 그때 올려줄게.

힘들면 말해.

너 아니어도 이거 하겠단 애들이 줄 섰어.

그럴싸한 말로 포장했지만, 이건 열정 있는 사람이 무조건 지는 게임이다.
그 일을 하기 위해 들인 시간과 노력은 결코 보잘것없는 게 아닌데….
딱 그만큼의 올바른 대가를 받는 게 왜 그렇게 어려운 걸까.

PASSION
is MINE

인턴 때 내가 한 일

- ☑ 하나. 꿔다 놓은 보릿자루같이 앉아있기
- ☑ 둘. 눈치 보면서 할 일 찾는 척하기
- ☑ 셋. 10분 일찍 출근해서 선배들 책상 닦아두기
- ☑ 넷. 인턴 종료 마지막 3일 동안
  300~400쪽짜리 서적 7권 스캔하기

진심은 아니었어

먹고살다 보니 본의 아니게 양심에 반하는 일을 하게 된다.

분명 문제가 생길 일인데도 못 본 척 진행하고,
내가 생각해도 말이 안 되는 일정을 거래처에 요구하고,
마음에 걸리는 일도 어쩔 수 없는 일이라며 그냥 슬쩍 넘어가고,
웃기 싫어도 웃고,
재미없어도 재밌는 척하고,
잘 모르지만 아는 척하고.
그러다 보면
이게 맞는 건지, 다들 이렇게 사는 건지, 이대로 괜찮은 건지 두려워진다.

거울 속 내 얼굴이 낯설게 느껴질 때,
친한 친구마저 내가 많이 변했다 말할 때,
원래 내 성격은 그렇지 않은데 다른 모습으로 살고 있을 때,
좋은 척, 재밌는 척, 괜찮은 척, 어른인 척하는 내 모습을 볼 때,
나조차 내가 낯설다.

때로는
나도
내가
낯설어.

아이고, 잘~한다

늦게 하는 출근은 큰일 날 일

어이구! 잘한다!

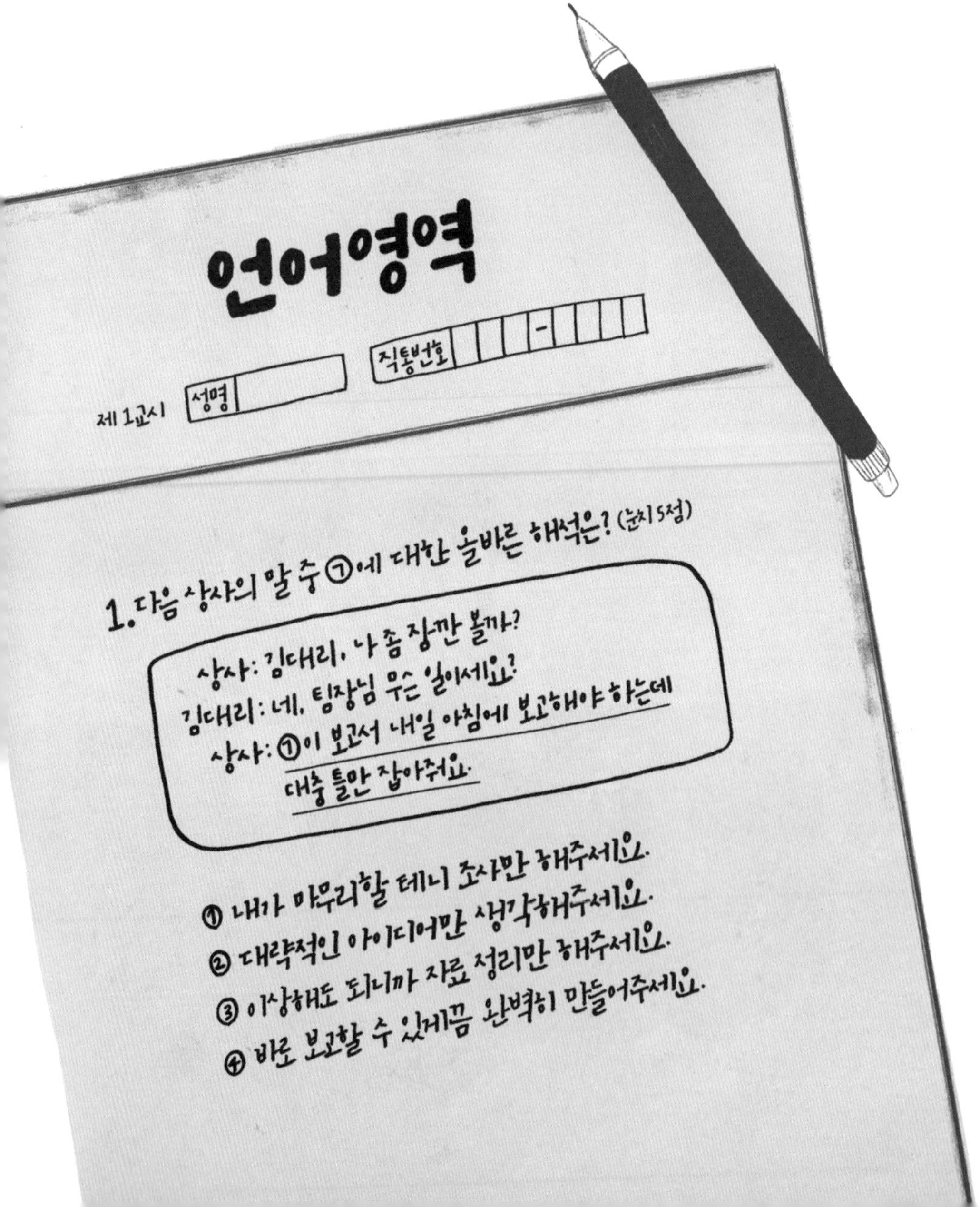

언어영역
직통번호
-
제 1교시
성명
1. 다음 상사의 말 중 ㉠에 대한 올바른 해석은? (눈치 5점)
상사: 김대리, 나 좀 잠깐 볼까?
김대리: 네, 팀장님 무슨 일이세요?
상사: ㉠이 보고서 내일 아침에 보고해야 하는데 대충 틀만 잡아줘요.
① 내가 마무리할 테니 조사만 해주세요.
② 대략적인 아이디어만 생각해주세요.
③ 이상해도 되니까 자료 정리만 해주세요.
④ 바로 보고할 수 있게끔 완벽히 만들어주세요.

언어영역

천천히 해.

천천히 하되 정해진 시간 안에 다 해놓게.

그렇게 해.

마음에 쏙 들진 않지만 일단 해봐.

지난 회의 때 냈던 기획안 본인이 보기엔 어떤가?

그걸 기획안이라고 가져온 건가?

내가 계산할 테니 먹고 싶은 거 시켜요.

눈치껏 적당히 싼 걸로 골라.

이번에 박 대리 엄청 깨진 거 알지?

잘못하면 너도 그렇게 돼.

이번엔 클라이언트가 참 까다롭구만.

그만큼 자네 일처리가 별로야.

편하게 말해봐.

내가 듣기 좋은 말을 편하게 해봐.

요새 힘들지는 않고?

새로 할 일이 더 있거든.

지금 바빠?

하던 거 멈추고 이리 좀 와보게.

저녁이나 한 끼 하지. 약속 있는 사람은 먼저 가도 괜찮네.

빠지는 사람은 얼굴을 기억해 놓겠네.

※ 참조 : 상사 언어 탐구 영역

끝나지 않을 이야기

입학하면 세상이 달라질 줄 알았는데,
졸업하면 세상이 달라질 줄 알았는데,
취업하면 세상이 달라질 줄 알았는데,
이직하면 세상이 달라질 줄 알았는데,
창업하면 세상이 달라질 줄 알았는데.

나어이 과장님
이 보고서 자료 좀 찾아서 정리해주세요.
오후 5:05
상반기
실적보고서.PDF
710KB
열기
저장
오후 5:05
네. 언제까지 하면 되나요?
오후 5:06
내일 아침에 보고할 거니까
그전에만 주면 돼요.
오후 5:10
아니 지금 시간이 몇신데 미친거 아니야???
ㄴㅜ#@ㅏㅠㅎ아ㅗㅅㅓㅂ*!!!!!!
전송
부들부들….

저녁약속 안-녕

월급으로 가는 여정

퇴근 1등!
3칸 앞으로
출근 1등!
3칸 뒤로
3칸 앞으로
일의 노예
회식은 즐겁게!
2칸 앞으로
신나는 점심시간♪
야근인생
2칸 앞으로
3칸 뒤로

직장 동료와 함께 해보세요.
먼저 월급날에
도착하는 사람이 승!
진 사람은
커피 한 잔 사기 어때요?

경험치 상승!
스킬 획득!
월급 득템!

이번 한 달도
정말 애쓰셨습니다.

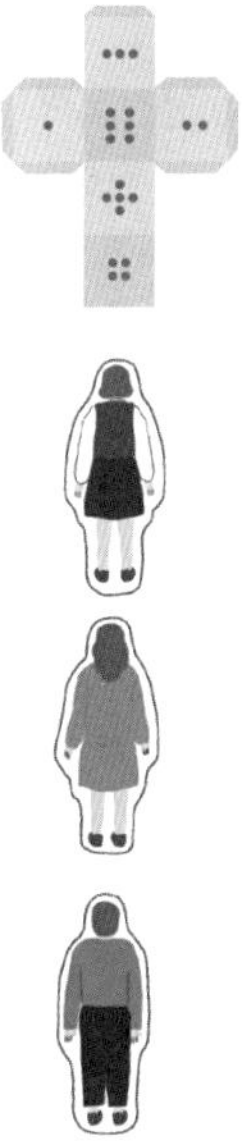

같은 빨간색 과일이라도
저마다의 모양과 향기가 있다.
그러니 비교하지 말 것.
각각의 가치를 존중할 것.

순식간의 일

신입사원일 때,
포부는 크고 열정은 충만했지만 능력은 그에 미치지 못해서
일 잘하는 선배, 동료, 심지어 TV나 인터넷에서 본 성공한 사람들을 두고
나 자신과 참 많이도 비교했었다.

다른 사람의 강점에 자극받아
'나도 더 열심히 해야지!'
마음먹고 노력하는 것은 성장의 원동력이 됐지만,

다른 사람과 나를 끊임없이 비교하며
'나는 왜 저렇게 안 되지?'
자책하는 건 자존감만 낮아질 뿐이었다.

그렇게 다른 사람과 나를 비교할수록
삶의 주인이 '남'이 되어갈수록
누군가처럼 되기 위해 살아갈수록
내 마음은 더없이 가난해졌다.

출근길 다짐

그냥 단순하게,
주어진 일에 최선을 다하고.
잘 웃되 무리하지는 말고,
가볍지만 무례하지는 않게.
오늘 하루도 무사히.

잘할수있어.
토닥토닥!

입사와 연애

솔로가 회사에 입사하면 연애할 확률이 급격히 낮아진다.

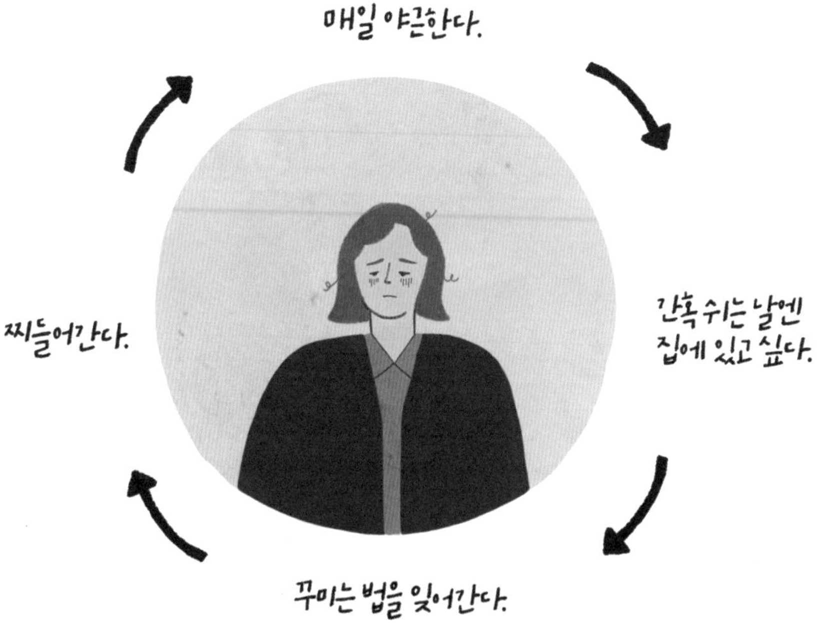

커플이 회사에 입사하면 이별할 확률이 급격히 높아진다.

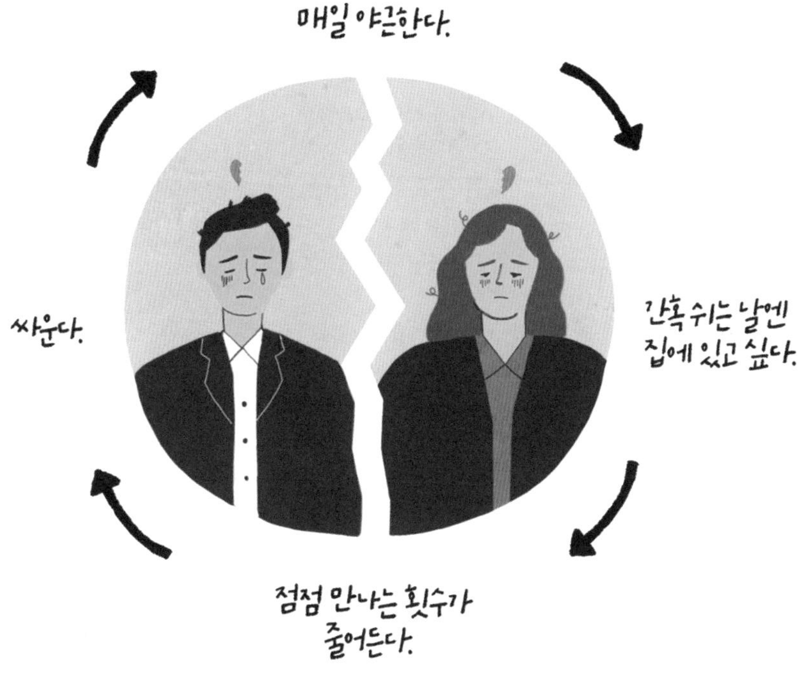

먼저 가보겠습니다

윗선에서는 남의 것 훔치는 걸 시키고
흉내 내기에 급급하고
고민할 시간도 없이
조사할 시간도 없이
의미 없이 쳐내는 식으로만 모든 일을 진행할 때
이곳에서 더는 배울 게 없어졌을 때
도저히 발전이 없을 것 같을 때

그럴 땐 도망쳐야 한다.
그곳으로부터.

EXIT

사 직 서

성 명 : 박개인

부 서 : 홍보부

직 위 : 대리

사직사유 : 개인사정

상기 본인은 입사 후 신경성 위염과 과민성 대장증후군, 스트레스 원형 탈모, 역류성 식도염 등 건강상의 문제로 사직서를 제출합니다.

비록 여러 가지 병을 얻었지만, 업무의 모든 노하우를 전수해주시기 위해 불철주야 저를 회사에 잡아두시던 과장님께 더이상 배우지 못하고 그만두게 되는 것이 너무나 아쉽… 기는 개뿔!

사직서를 한 자 한 자 써내려가다 보니 병이 다 낫는 기분이다!

상기 본인은 위의 이유로 사직서를 제출하오니
허락하여 주시기 바랍니다.

201○년 ○월 ○일 신청인 : 박개인 (인)

개인 사정

몇 번의 퇴사를 겪으며 제출해온
사직서의 퇴사 이유는 항상 '개인 사정'이라는 명목이었다.
두 번째로 들어갔던 회사의 선배가 입사 선물이라며 건넨 하얀 봉투에는
'사직서'라고 쓰여있었고, 봉투 안 종이에는 개인 사정이라는 글자가
굵직하게 프린트되어있었다.

"어쩌다 여길 왔어요! 이거 다들 가방에 하나씩 넣어가지고 다니니까,
갖고 있다가 진짜 못 참겠으면 바로 제출하고 가요."

장난스럽게 봉투를 쥐어주던 그 선배는
얼마 후 자신 역시 오랫동안 품고 있던 사직서를 제출하곤
홀연히 회사를 떠났다.

퇴사 이유는 개인 사정.
이렇게 우리는 모두 저마다의 개인 사정으로 회사를 떠나지만,
개인 사정의 뜻을 어느 정도는 짐작할 수 있다.

회사 일이 못 견디게 힘들어 그만두는 개인 사정.
출근만 하면 못살게 구는 사람 때문에 괴로워 그만두는 개인 사정.
이곳에선 더 이상의 비전이 없어 그만두는 개인 사정.
해가 있을 때 집에 들어가는 게 소원이라 그만두는 개인 사정.

저마다의 개인 사정을 모두 꺼내놓을 수 없어
우리는 개인 사정이라는 네 글자에 모든 의미를 꾸역꾸역 담는다.

그래도 겪었으니

회사에 안 다녀봤다면 몰랐을 것이 많다.

반복되는 일상에 활력이 되는 취미의 필요성,
호인은 아니어도 호구는 안 되는 적당한 거절 스킬,
또라이가 그만두면 또다른 또라이가 생겨난다는 또라이질량보존의법칙,
제2외국어보다 어려운 상사어 해석법,
일이 빡셀수록 커지는 동료애….

일이 할 만하면 월급은 생계만 간신히 유지할 정도고,
연봉이 조금 오르면 일이 많아져 야근이 일상이 되고,
상식 밖의 이상한 사람들은 어느 조직에나 존재했다.
그래도 직장 생활을 통해 알게 된 것이 더 많기에
잘 겪었다, 수고했다 스스로에게 격려를 보내본다.

예방주사

일이 힘들고, 사람이 힘들고,
하루하루 회사에 가는 게 지옥 같은 나날을 보낼 때
직장 동료들과 모여 이런 얘기를 했다.

다음에 어딜 가더라도 이 정도로 힘들 것 같진 않다고.
그러니 지금 예방주사 맞는 거라고.
다음에 어딜 가더라도 잘 견딜 수 있도록.

다음엔
더 잘될 거야.

지금보다
더 잘할 수 있을 거야.

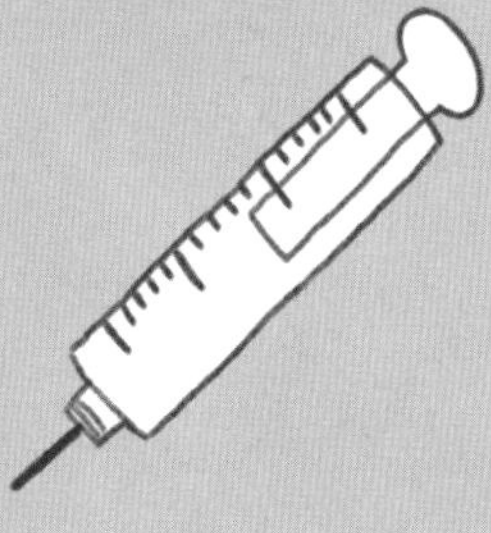

m&m

개미인생

개미는 먹이를 찾기 위해 수많은 길을 헤맨다.
이리저리 방황하다가 먹이를 찾고 나면,
먹이를 들고 가장 빠른 길로 집을 찾아간다.

회사 생활을 하다 보면 먹이를 찾는 개미가 된 기분이다.
길을 헤매고, 방향을 잃고, 막다른 길에 부딪히고….
지금 이렇게 하는 게 맞는지,
생각하는 목적지 근처라도 갈 수 있을지 계속 고민한다.

하지만 길을 많이 헤맨 개미가
집으로 가는 지름길을 알게 되는 것처럼,
우리가 회사에서 겪는 수많은 시행착오도
모두 쓸모없고 불필요한 일은 아닐 것이다.
학생 신분을 벗어나 처음 길을 나섰을 때의 나와,
회사에서 고군분투하며 길을 헤매고 있는 나는 분명 다르니 말이다.

우리는 구불구불 많이도 헤매고 있지만,
그 덕에 목적지로 가는 가장 빠른 길을 찾게 될지도 모른다.

지금껏 열심히 달려온 당신을 위해!

TAKE YOUR TIME
EASY YOUR MIND

함께인 이유

철새들은 먼 거리를 날아갈 때 V자 대형으로 날아간다.
공기 저항을 많이 받아 가장 힘든 앞자리는 서로 교대로 바꿔 날고,
뒤에서 나는 기러기들은 "끼룩끼룩" 울음소리를 내며
서로 박자를 맞추고 앞서가는 기러기를 응원한다.
이렇게 함께 먼 거리를 이동하면
혼자 날아갈 때보다 7배나 더 멀리 날아갈 수 있다.

직장 생활에서 가장 힘이 되었던 말은
내 일을 '나 혼자만의 일'이라고 생각하지 말라는 거였다.
혼자 너무 끙끙 앓지 말라고, 도울 수 있는 건 서로 도우면 된다고.

누군가에게 도움을 잘 요청하지 못하는 성격이기도 하고,
맡은 업무는 스스로 해결하는 게 가장 좋다고 생각했지만
그 말은 직장 생활 내내 큰 힘이 되었다.
또 실제로 혼자일 때보다 함께일 때, 훨씬 더 좋은 결과물이 나오기도 했다.

서로 건네는 커피나 비타민 음료,
잘되길 바라는 마음에서 하는 조언과 격려,
이렇게 해결할 수도 있구나 하는 업무 기술,
이렇게 생각할 수도 있구나 하는 삶의 지혜.

그 모든 것들로 서로 버텨나가나 보다.
철새가 함께 모여 그 먼 거리를 서로 격려하며 날아가듯이,
우리도 앞으로의 먼 길을 서로 응원하며 걸어가고 있다.

잘되자,
우리 모두.

03

나는 내 갈 길 간多

어차피 한 번 뿐인 인생

More Like

어떤 일을 어떤 곳에서 어떤 사람과 할 때
어쩔 수 없이 스트레스가 생긴다면

조금이라도 더 좋아하는 일을
조금이라도 더 좋아하는 곳에서
조금이라도 더 좋아하는 사람과 하겠다.

MORE LIKE

갈림길

갈림길에서 가지 않았던 길은
두고두고 아쉬움으로 남겠지만

어느 쪽이든 좀 더 두근거리고
설레는 길을 택하는 건 내 몫이죠.

뭐 어때

꿈이 있으면 이루기 어렵다는 이유로 속상하지만,
꿈이 없으면 없다는 이유로, 삶이 공허하다는 이유로
우리는 스트레스를 받는다.
그리고 꿈이 없는 자신을 책망하기도 한다.
꿈이 있는 사람의 삶이 의미 있다고 듣고 자란 우리에게
꿈이 없다는 것은 큰 걱정거리가 되는 것이다.
꿈이 없어서 어떻게 살아야 할지 모르겠다는 고민에
법륜 스님은 이렇게 말씀하셨다고 한다.

"꿈이 없는 것은 아무 문제없어요. 어릴 때부터 자꾸 '꿈이 있어라'라고 가르치니까 그런 겁니다. 꿈은 있으면 있고 없으면 없고 그래요. 그런데 '너는 왜 장래희망이 없냐?'고 자꾸 반문하니까 애들이 '뭘 희망해야 하지? 뭘 만들어야 하지? 뭐가 되어야 하지?' 이러다가 저한테까지 와서 물어요. 제 대답은 간단합니다. '뭐가 되고 싶니?' '생각이 없는데요.' '잘 됐다. 그렇게 살면 된다.' 이렇게 이야기해줍니다. 오히려 '꼭 뭐가 되어야겠다.' 이게 더 문제예요."

꼭 무언가 되어야 한다는 강박에 사로잡혀 있는 것,
꿈을 가져야 한다고 생각하는 것이 문제라는 것이다.
어쩌면 꿈이 없다는 것은 지극히 정상적인 일이다.
그러니 꿈이 없다고 자책하고 실망하지 말자.
꿈이 있든 없든 그저 자신이 선택한 삶에 책임을 다해 살아가는 것.
그거면 충분하다.

So What?

그런 나를 원해

내가 나로 살아간다는 건 참 어려운 일이다.
다른 사람과 끊임없이 비교하고
다른 사람의 이야기에 영향을 받으며
타인에 의해 만들어진 내가 되어간다.

남들이 요새 많이 입는 옷을 사고
남들이 그 정도면 괜찮다는 사람을 만나고
남들 보기에 부끄럽지 않을 것 같은 일을 하고
남들 눈 밖에 나지 않으려고 노력한다.
그러다 보면 순간순간 내가 아닌
타인으로 살아가고 있다는 느낌이 든다.

이렇든 저렇든 사람과 얽혀 살아야 하니
타인의 시선과 생각에서 완전히 자유로울 수는 없다.
하지만 진짜 내가 원하는 삶과
지금 살고 있는 모습이 얼마나 다른지 생각해볼 수는 있다.

남들이 원하는 나로 살며 인정받는 것보다
내가 원하는 나로 살며 스스로를 인정하고 싶다.

yeah

나는 소망한다

스키를 처음 탈 때 제일 먼저 배우는 것이
잘 넘어지는 법이고,
그 다음이 잘 일어나는 법이다.
잘 넘어져야 다치지 않고,
잘 일어나야 다시 스키를 즐길 수 있기 때문이다.

스키와 달리 삶에서 우린
넘어지지 않는 법을 배운다.

다리에 힘 빡 주고 잘 버티는 법.
장애물을 만나도 멈추지 않는 법.
다른 사람과 부딪혀도 쓰러지지 않는 법.

그러나 우리 인생에서 정말 필요한 건
넘어지지 않는 법이 아니라,
과감히 넘어질 용기와
다시 일어나 삶을 즐길 끈기이다.

나는 소망한다.
아슬아슬 넘어질 것 같을 땐 과감히 넘어지고
다시 일어설 수 있는 용기를 가지기를.

무엇이보다 어떻게

"너는 꿈이 뭐니?"
살면서 숱하게 들어온 질문이다.

대개 우리는 이런 질문에 대한 답으로
무슨 직업을 가질지를 먼저 생각한다.
꿈과 직업을 동일시하지만
이루고 싶은 꿈과 가지고 싶은 직업은 다르다.

직업은 삶을 꾸려나가기 위한 수단에 조금 더 가깝고,
꿈은 더 나은 삶을 위한 가치나 태도에 조금 더 가깝다.
꿈은 꿈대로 소중하고, 직업은 직업대로 소중하다.

그러나 직업이 꿈이 되어버리면
우리 삶은 불행해지기 쉽다.
대개 사회의 잣대와 부모의 바람으로부터
자유로울 수 없고,
과정보다는 결과에만 치중하게 되며,
치열한 경쟁에서 승리하기를 강요당하기 때문이다.

그래서 나는,
"무엇이 되고 싶니?"보다
"어떻게 살고 싶니"라고 물었으면 좋겠다.

"너는 꿈이 뭐니?"라는 질문에
무엇이 될 것인지보다,
'어떤' 사람으로 '어떤' 삶을 살 것인지를
이야기했으면 좋겠다.

5살 때 우리 어머니는 항상 '행복'이 삶의 목표라고 말했다.
학교에 다닐 때 선생님들은 내게 꿈이 뭐냐고 물었다.
난 주저 없이 '행복'이라고 답했다.
그들은 내가 질문을 잘 이해하지 못하고 있다고 말했다.
그래서 난 그들에게 이야기했다.
당신들이 인생을 이해하지 못하고 있다고.
_ 존 레논

하고 싶은 것과 할 수 있는 것

살다가 누구나 한 번은
하고 싶은 것과 할 수 있는 것.
그 사이에서 고민해본 경험이 있을 것이다.
하고 싶은 것과 할 수 있는 것이 꼭 맞으면 문제없겠지만,
그 둘의 거리가 멀다면 그만큼 괴로운 일도 없다.

네덜란드의 천재 화가 고흐는
살아생전 단 한 점의 그림밖에 팔지 못했다.
당시 고흐는 화가로서 인정받지 못했고,
늘 가난에 시달려야 했다.
그럼에도 화가로 사는 10년 동안
그는 약 2천 점의 그림을 그려냈다.
아무도 인정해주지 않았지만,
자신이 하고 싶은 것을 위해
자신이 할 수 있는 것을 끊임없이 해나간 것이다.

고흐는 그 어떤 것도 그냥 이루어지지 않는다고 말했다.
자신과의 끝없는 싸움을 하며 멈추지 않고 나아갈 때,
비로소 하고 싶은 것에 다가갈 수 있다고 믿었다.

하고 싶은 것과 할 수 있는 것 사이에서
갈팡질팡하고 있다면 꼭 명심하자.
고민만 해서는 답이 나지 않는다.

우리가 지금 당장 할 수 있고 해야 하는 건
끈질기고 집요한 노력이다.

유예되는 효도

자격증 취득을 위해
공모전 수상을 위해
영어 성적을 올리기 위해
언제 취업될지 모르기 때문에
졸업자는 백수라는 인식 때문에
기업에서 졸업 후 공백이 있는 사람을 좋아하지 않기 때문에
막연한 두려움 때문에

졸업을 유예하는 이유는 다양하다.

몇 해 전 친구는 꿈을 이루기 위해
졸업을 유예하면서 효도도 함께 유예했다며 괴로워했다.
그건 잘못이 아닌데, 꿈이 있다는 건 좋은 건데
왜 죄책감을 느끼게 되는 걸까.

내 부모님이니까요

하고 싶은 일은 따로 있는데,
부모님이 반대하실 게 뻔해 말도 못하고 혼자 끙끙 앓았던 적이 있다.
하지만 내가 어떤 일을 해서 행복하다면,
나는 그 일을 하는 게 옳다고 생각한다.
혹여나 부모님이 지금 당장 반대하시더라도,
결국엔 내가 즐겁게 사는 걸 원하실 테니까 말이다.

부모님이 원하는 삶을 사는 것이 효도라고 생각할 수도 있고
그 선택으로 내가 행복하다면 서로 좋은 일이지만,
내가 행복하지 않다면 다 무슨 소용인가.

내가 원하는 삶을 살아서 행복한 것.
그것 또한 효도라고 생각한다.
내 부모님이니 언젠가는 인정해주시지 않을까,
내 행복을.

나는
내 갈 길 간다!

실망시키는 것

누군가의 과도한 기대감이 부담되어
극심한 스트레스에 시달릴 땐,
차라리 과감하게 그들을 실망시키고
내가 할 수 있는 일을
즐겁게 하는 것이 더 좋을 수도 있다.

당신의 실패도 축하합니다

미국에서는 면접을 볼 때 '실패한 경험'을 이야기하면,
그것이 플러스 요인으로 작용하는 경우가 많다고 한다.
면접관들은 면접자의 실패한 경험을
성공한 경험만큼이나 큰 자산이라고 생각하는 것이다.

핀란드에는 '실패의 날Day for Failure'도 있다.
매년 10월 13일을 실패의 날로 지정해
서로 실패한 경험을 당당하게 얘기하고,
그 실패에서 얻은 지혜를 나누며 축하한다.
글로벌 게임회사인 핀란드 기업 '슈퍼셀'에서는
팀이나 직원이 내놓은 아이디어가 실패했을 때
사장이 직접 나서서 샴페인을 터뜨리며 '실패 축하 파티'를 열어준다.
도전을 두려워하지 말고, 실패를 경험으로 삼으라는 조직 문화인 것이다.

반면 우리 사회는 실패에 너무 냉정한 게 아닌가 하는 생각이 든다.
한 번 실패하면 살아남기 힘들다는 사회적 분위기가 만연한 것 같다.
때로는 실패한 사람을 인생의 패배자로 보기도 한다.
누군가 새로운 도전을 하다가 실패하면 '그럴 줄 알았다'며 손가락질하거나
그 정도밖에 안돼서 실패한 거라고 그 사람의 능력치를 멋대로 단정 짓는다.
또는 타인의 실패에 안도하기도 한다.

그래서 우리는 실패한 경험을 숨기려고 한다.
최대한 좋은 포장지를 골라 자신을 감싸고,
누군가 자신의 실패를 알게 될까 봐 두려워한다.

실패는 죄도 아니고 인생에서 감춰야 할 것도 아니다.
최선을 다했다면 그걸로 충분하다.
실패도 성공만큼 값지다.

실패를 하지 않는다는 것은 모험을 하지 않는 것이다.
_슈퍼셀 CEO

길을 잃기 위해서

뭐든
할 수 있을 것 같은 마음과

아무것도
못 할 것 같은 마음이 공존한다.

아무도 모른다

어쩌다 이루지도 못할 꿈을 꾸느라
돈도, 시간도, 젊은 날도 그냥 흘려보냈는지
나 자신이 미워질 때가 있다.
꿈을 위해 내 나름대로 최선을 다했다고 생각했는데,
일이 잘 안 풀려서 힘이 쭉 빠질 때가 있다.

그렇다 하더라도 어쩔 수 없다.
결과가 어떻든 내가 선택한 것이고,
만약 해보지 않았다면 그것대로 후회하며
스스로를 원망했을 것이다.

결국 현실에 타협해 당장은 다른 길을 간다 하더라도
아주 나중에라도 원했던 꿈이 이루어질 수도 있고,
원했던 길과는 조금 다르지만 비슷한 방향으로 갈 수도 있고,
전혀 딴 길이지만 그 꿈을 위해 들였던 시간과 노력이
어떻게든 도움이 될 수도 있다.

앞으로 어떻게 될지는 아무도 모른다.

멈출까, 느리게 갈까

스스로 정한 목표가 너무 버겁게 느껴질 때,
곧잘 할 수 있을 것 같았는데 생각보다 녹록지 않을 때,
그렇게 자신의 한계를 느낄 때,
지쳐버린 우리는 '멈출까?' 고민한다.

하지만 곧 알게 된다.
멈추는 것보다 조금 쉬어가는 것이, 뒤를 한번 돌아보는 것이,
지금까지 잘해왔다고 격려하는 것이, 느리게라도 일단 가는 것이,
여기까지 온 나를 잃어버리지 않는 일이라는 것을.

멈추면 그대로 끝이지만,
느리게라도 계속해서 가다 보면 느낄 수 있다.
과거의 내가 현재의 나를 응원하고 있다는 것을.
현재의 내가 미래의 나를 지지하고 있다는 것을.

SLOW!

돈 잘 버는 게 최고!
안정적인 게 제일!
늙은호박
괜찮아요.
전 이게 더 좋아요.
단호박

내 꿈을 평가하지 마세요

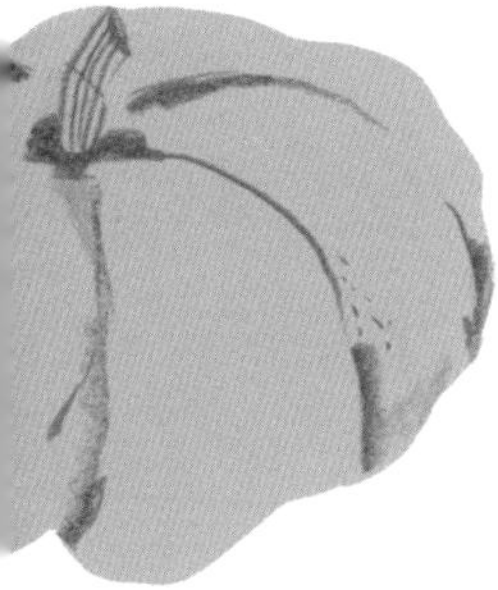

'왜 굳이 그런 일을 하려고 해.'
'그걸로 밥 먹고살겠어?'
'나이 먹고도 할 수 있는 일이야?'
'지금은 젊으니까 괜찮은 거 같겠지.'
'나이 들면 안정적인 직장이 최고야.'

뭐 해라, 뭐 하지 마라 이런저런 제약이 많은 시대에
꿈까지 강요당하는 건 너무 슬픈 일이다.

이왕이면 안정적이길 바라고,
고생 안 하길 바라는 어른들의 말이 틀린 건 아니지만,
그렇다고 다 옳은 것도 아니다.
내 상황이 되어보지 못한 사람들의 말을
억지로 이해하려고 애쓸 필요는 없다.

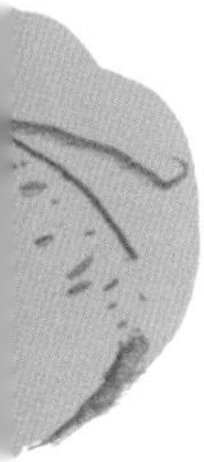

미래가 보장되어있지 않고,
돈을 많이 벌 수도 없고,
각광받는 분야가 아니고,
더는 아무도 원하지 않는 꿈이라 해도
누군가에겐 도전할 만한 가치가 있고, 돈보다 소중하고,
언제나 설레고, 진심으로 원하는 꿈일 수 있다.
그러니 다른 사람의 꿈을 함부로 평가하지 말자.

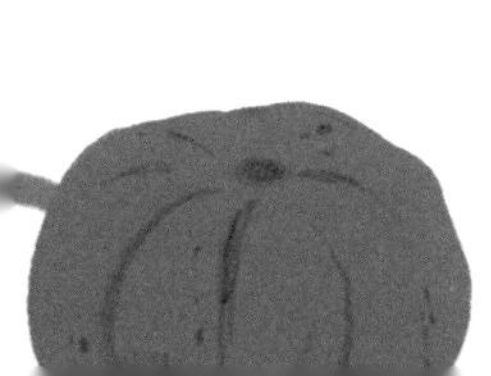

인생의 길이

인생이 너무 길다.
재미없이 살기엔 인생이 너무 길다.
즐겁지도 않은 것에 대부분의 시간을 쏟으며 살기엔 인생이 너무 길다.

머뭇거리다 좋아하는 것을 놓치며 살기엔 인생이 너무 짧다.
좋아하는 것만 하며 살기에도 인생이 너무 짧다.
인생이 너무 짧다.

재미없이
살기엔
너무 긴 인생

ENJOY YOUR LIFE

뻔하지 않아서 고마워

흔한 드라마의 전개 방식

- 주인공에겐 출생의 비밀이 있다. 알고 보면 키워준 부모와 낳아준 부모가 다르고, 가난하게 자랐지만 부잣집 자식이다.
- 돈 많고 잘생긴 남자는 꼭 가난한 여자를 사랑해서 엄마 속을 뒤집어 놓는다.
- 남녀 주인공이 만나면 끝나는 이야기인데, 서로 반대편을 향해 뛰어가거나 5초 차이로 엇갈려 결국 못 만난다.
- 주인공은 손만 들어도 택시가 잡힌다.
- 교통사고가 날 때 운전자는 빵빵거리기만 하고, 브레이크를 밟지 않는다. 설상가상 주인공은 눈만 크게 뜬 채 달려오는 차를 바라본다.
- 주인공은 더럽게 일이 안 풀리는 반면, 악역이 주인공을 괴롭힐 땐 계획한 대로 다 이루어진다.

드라마는 예측할 수 있지만, 삶은 예측할 수 없다.
선택과 선택이 모여 과거에는 상상하지 못했던 지금이 있고,
순간과 순간이 모여 예기치 못한 미래가 찾아온다.
상상과 달라서, 예상을 빗나가서, 뻔하지 않아서, 우리는 불안하다.
그러나 정해져 있지 않기에 자신이 원하는 모습을 만들어갈 수 있고,
예측할 수 없기에 더 기대하고 두근거릴 수 있다.

그렇게 뻔하지 않아서 고마운 삶이고 싶다.

핑계

어릴 때 접하지 못했으니까
시골에서 자랐으니까
나이 들었으니까
재능이 없으니까
전공이 아니니까
외적으로 뛰어나지 않으니까
여자니까 혹은 남자니까
머리가 좋지 않으니까
끼가 없으니까
수줍음이 많으니까
이렇게 태어났으니까
'나는 안 돼'라고 생각한다.

그렇게 이미 어쩔 수 없는 것만 쏙쏙 골라
안 되는 이유를 설명하고 있는 건 아닐까.
충분히 '할 수 있는' 다른 방법이 많은데도
핑곗거리를 찾아 자기변명을 하고 있는 건 아닐까.

진짜 안 돼?

재능의 재해석

재능의 사전적 의미는
'태어날 때부터 가지고 있는 특별한 능력이나 소질'이다.

대부분의 학부모들은 아이가 아주 어릴 때부터
재능을 발견하고자 애쓰곤 한다.
성공 신화의 주인공이 되길 바라는 것이다.
그러나 우리는 이미 알고 있다.
TV에 나오는 '누구'처럼 되는 건 결코 쉽지 않다는 것을.

그래서 나는 이제 막 세상에 발을 내딛는 아이에게
재능이 있냐 없냐, 너의 재능은 무엇이냐 묻는 건 너무 가혹하단 생각을 한다.
과연 재능이란 무엇일까.

영화 〈4등〉에서
엄마 정애는 대회만 나가면 4등을 하는 아들 준호를 못마땅해한다.
준호에게 수영은 '좋아하는 것'이지만,
정애에게 수영은 '1등이어야만 하는 것'이기 때문이다.
새 코치를 만난 준호는 매를 맞으면서까지 혹독한 훈련을 받는다.
정애는 준호가 매를 맞으며 훈련하는 것을 알면서도 이렇게 말한다.

"엄마는 너가 맞는 것보다 4등하는 게 더 무서워."

영화 〈4등〉 정지우 감독은 말했다.

"좋아하는 걸
끝까지 해내는 게 재능이다."

준호는 재능이 있는 아이다.
수영에 특별한 소질이 있어서라기보다,
자신이 좋아하는 수영을
놓지 않았다는 점에서의 재능이다.

그렇다. 재능이란 별게 아니다.
자신이 좋아하고 행복해하는 일을
꾸준히 끝까지 해내는 것.
그게 재능이다.

青春の

청춘의 재해석

청춘의 사전적 정의는 '십 대 후반에서 이십 대에 걸치는
인생의 젊은 나이나 또는 그런 시절'이다.
그러나 나는 청춘을 어느 시기나 나이로
말할 수 있는 것이 아니라고 생각한다.

젊어도, 봄날처럼 살지 않는 사람은 많고
늙어도, 봄날처럼 살 수 없는 건 아니니까.
늙는다고 배우지 못하는 건 아니고,
늙는다고 할 수 없는 건 아니니까.

세계대회에서 우승한 70세 몸짱 할아버지도 있고,
운전면허시험에 960번 만에 붙은 69세 할머니도 있다.
박완서 작가는 마흔이라는 늦은 나이에 등단했지만
한국 문단의 대표작가로 주옥같은 작품들을 남겼다.
KFC 창업자 샌더스 할아버지는 65세 때
세상에서 가장 맛있는 닭튀김을 만들자는 목표로
1010번째 찾은 레스토랑에서 첫 계약을 따냈고,
그 이후 KFC는 세계적인 프랜차이즈 기업으로 성장했다.

청춘일 때 하고 싶은 일을 하는 게 아니라
하고 싶은 일을 할 때가 청춘이다.
우리는 누구나, 언제나 청춘을 살 수 있다.

얻으려면

아무런 노력도 하지 않고
그저 원하는 것을 바라만 본다면,
아무리 기다려도 그것을 얻을 수 없다.

철학자 에픽테토스는 말했다.
"어떠한 일도 갑자기 이루어지지 않는다.
한 알의 과일, 한 송이의 꽃도 그렇게 되지 않는다.
나무의 열매조차 금방 맺히지 않는데,
하물며 인생의 열매를 노력도 하지 않고
조급하게 기다리는 것은 잘못이다."

한 알의 과일, 한 송이의 꽃과 열매도
뜨거운 햇빛과 거센 비바람을 견뎌내야 하는 것처럼,
같은 모양을 하고 있지만 더 힘들게 맺힌 열매가 훨씬 달콤한 것처럼,
인생 또한 마찬가지다.
작든 크든 바라는 것을 이루기 위해선
평화로움에 안주하지 않고 정성을 들이는 시간이 필요하다.

SPEC만으론 완성되지 않는

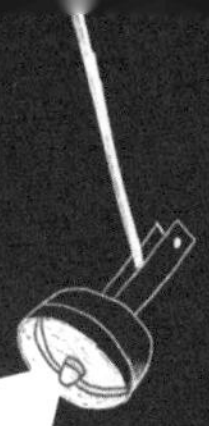

'특별함' SPECIAL

※ 스펙 뒤에는 스페셜이 숨어있다.

좋아서 사는 삶

책장에 아무렇게나 꽂혀있는 책들을 꺼내 읽다 시간 가는 줄 몰랐다.
영상미가 아름다운 영화를 많이 보다 보니 영상 연출을 배우고 싶어졌다.
카페에서 아르바이트하다 커피 만드는 재미를 알았다.
아빠가 옛날에 쓰시던 카메라를 발견하고 사진 찍으러 이곳저곳 여행했다.
퇴근 후 시간을 쪼개 취미 생활로 배운 뜨개질에서 뜻밖의 재능을 찾았다.
결혼하는 친구에게 선물하기 위해 꽃꽂이를 배웠다가
플라워 디자인에 빠져들었다.

책을 읽다 보니 책과 관련된 일을 하고 싶어졌고,
멋진 영상미에 빠져 연출에 관심이 생겼고,
커피를 만들면서 바리스타가 되고 싶어졌고,
사진을 찍다 보니 시간을 담는 사진작가를 꿈꾸게 되었고,
뜨개질을 하며 소품 공방을 만들고 싶어졌고,
꽃꽂이를 배우니 꽃으로 제2의 인생을 찾고 싶어졌다.

모두 '무언가' 해봤기에 알 수 있었다.
해보지 않았으면 자신이 어떤 것에 관심이 있는지,
흥미를 느끼는지 찾아내지 못했을 것이다.

책이나 영화를 통해 간접적으로 접한 것에,
관심이 생겨 용기 있게 도전한 것에,
어쩌다 우연히 접하게 된 것에,
특별한 재능이나 재미를 찾을 수 있다.

해보지 않으면 좋아하는 일을 발견할 수 없다.
그러니 일단 해보자.
좋아하는 것을 찾기 위해,
좋아하는 것과 함께 하기 위해,
그러니까 좋아서 사는 삶을 위해.

건강하게 사는 법

기쁘면 맘껏 기뻐하고,
슬프면 맘껏 슬퍼하고,
웃고 싶으면 맘껏 웃고,
울고 싶으면 맘껏 울고,
좋으면 힘껏 좋아하자.

변화는 있어도 변함은 없길.

좋아하는 것을
끝까지 지켜내자.

좋아함의 예의

어른이 되면 할 수 있는 게 많을 줄 알았는데,
막상 어른이 되고 보니
할 수 있는 일보다 할 수 없는 일이 더 많다는 것을 깨닫게 되었다.
그래서 내가 좋아하는 것을 할 수 있는 삶이
얼마나 소중하고 감사한 일인지도 알게 되었다.

그럼에도 내가 얼마나 이 일을 하고 싶어 했는지 종종 까먹는다.
아무리 좋아서 하는 일이라도 매일같이 하다 보니 익숙해지고,
완벽하게 하려다 보니 짜증이 난다.
익숙해지고 짜증을 내다 보니
어느 순간 그 일에 대한 소중함과 설렘도 잊어간다.

좋아하는 일에 결과와 성과가 필요하다면
그것은 고민과 번뇌와 짜증을 동반한다.
그러다 보면 이 꿈을 이루기까지 얼마나 많은 노력을 했는지 조차
가물가물해지고 만다.
그렇게 잊어가다가 결국 잃어버리게 된다면?
상상만으로도 아찔하다!

처음 가졌던 순수했던 마음을 잊지 말고 잘 지켜내자.
그것이 좋아하는 것에 대한 예의니까.

04

우리는 사랑한多

인생에서 가장 뜨거운 순간

사랑해서
함께 하는 게 아니야.
더 사랑하려고
함께 하는거야.

_영화 <UP>

ALL YOU NEED
IS LOVE~
LOVE LOVE LOVE IS
ALL YOU NEED~

사랑의 시작

이것저것 궁금한 게 많아졌다.

무슨 음식을 좋아하는지
못 먹는 음식은 없는지
영화 취향은 어떤지
좋아하는 음악은 무엇인지
어떤 책을 즐겨 읽는지
어릴 적 꿈은 뭐였는지
가족관계는 어떻게 되는지
친구들은 어떤 사람인지
애인은 얼마나 사귀어봤는지
사랑에 아파본 적이 있는지
술은 잘하는지
사랑한다는 말은 잘하는지
지금은 뭘 하고 있는지

그리고 가끔은 나를 떠올리는지.

오늘 하루는 어땠어

영화 〈레옹〉에는
최악의 날을 보내 우울한 마틸다를 레옹이 달래주는 장면이 나온다.
덩치도 크고 험악하게 생긴, 총을 외투 속에 품고 다니는 남자가
아기 돼지 인형을 손에 끼고 '꿀꿀' 돼지 흉내를 내며 마틸다에게 묻는다.

"How are you today?"

그 우스꽝스러운 모습에, 답이 정해진 당연한 질문에
마틸다는 망친 하루 속에서 작은 웃음을 찾는다.

그때 새삼 느꼈다.
딱히 멋들어진 말도, 근사한 표현도 아니지만
오늘 하루 어땠냐는 그 단순한 안부 인사가 건네는 선명한 위로를.

"오늘 하루는 어땠어?"
"오늘은 일찍 회사에 도착해서 아침이 여유로웠어. 좋더라. 아, 그리고 갑자기 새로운 프로젝트가 두 개나 생겨서 엄청 바쁠 것 같아. 벌써 걱정이야. 그래도 오늘은 드디어 휴가 계획도 좀 짰고, 저녁도 맛있었고…. 뭐, 꽤 괜찮은 하루였던 거 같아. 너는?"
"나도 괜찮았어, 오늘. 미루고 미루다 퇴근하는 길에 머리도 자르고, 또…."

하루의 끝에서 서로의 오늘을 함께 돌아볼 수 있는 사이.
그 하루 속에서 기쁘고 힘들었던 감정을 서로 감싸 안을 수 있는 사이.
그걸로 충분하다.

듣고 싶은 말

기쁨만 주겠다는 달콤한 말보다,
나는 네게 기쁨이 되고 또 가끔은 슬픔이 되고,
그 슬픔마저 기쁨이 되고 싶다는 말이 더 고마웠다.

Share
both
Happiness
and
Sadness
With
you

궁금한 건 물어봅시다

데이트 중에 남자친구의 휴대전화가 울린다.
슬쩍 보더니 안 받는다.
"누군데?"
"아~ 친구. 나중에 문자하지 뭐."

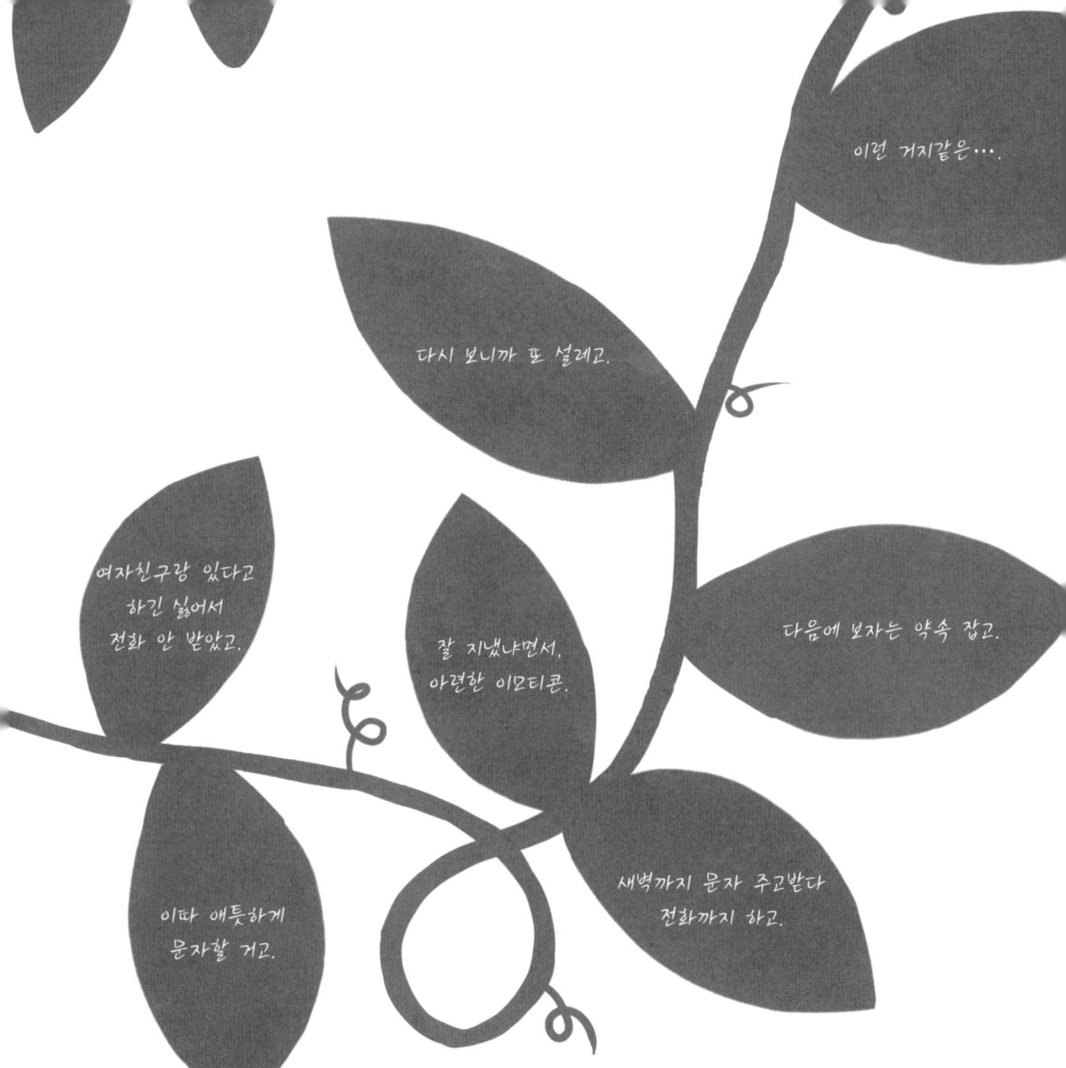

오래 생각할수록 비극적인 소설을 쓰게 된다.

요새 엄청 좋아!
어허엉엉…
보고 싶었어…!

첫사랑

누군가 말했다.

첫사랑이 못 살면 마음이 아프고,
잘 살면 배가 아프고,
돌아오면 머리가 아프다고.

쿨하지 못해 고마워

20대 초반엔 쿨한 게 그렇게 멋져 보였다.
'쿨한 것=멋진 것'이라는 말도 안 되는 공식을 새겨두고,
본디 그런 성격이 아닌데도 쿨하려고 무던히 노력했다.

어떤 사람이 신경 쓰이지만 그 앞에선 관심 없는 척했고,
연인의 과거 따위는 아무 상관없는 척했고,
질투 같은 건 유치한 감정이라 치부했다.
언제든 그 관계에서 빠져나갈 수 있는 틈을 만들었고,
무엇이든 끝이 있으니 마음 한쪽만 겨우 걸쳐뒀고,
누군가와의 '영원함'을 믿는 건 바보라고 생각했다.

지금 좋으니까 만나고 아니면 쿨한 척 헤어지고,
연인이 누구와 뭘 하든 별말 없이 쿨한 척 넘어가고,
온종일 연락이 없어도 구질구질 매달리지 말자, 쿨한 척 지나가고.
그런 게 현명하다고 생각했다.

그런데 문득 이런 생각이 들었다.
가장 가까운 사람에게까지 내 맨얼굴을 보여주지 못하는 게
쿨한 척 마음을 꾸미는 게 무슨 의미가 있을까.

연인에게 진심으로 쿨하다면 그만큼 좋아하는 건 아닌 거고,
마음은 그게 아닌데 쿨한 척하는 거면,
결국 그 관계는 속마음도 다 못 보여주는 껍데기일 뿐이다.

그래서 나는,
쿨하지 못한 연애가 좋다.
서로의 맨얼굴을 보여주는 연애가 좋다.
서로의 일상에 깊이 관여하는 연애가 좋다.

좋아죽겠다고, 사랑한다고, 예쁘다고, 멋지다고 표현해주는,
바빠서 연락이 안 될 때면 궁금해하고 걱정해주는,
내가 다른 이성과 있을 때 질투해주는,
그런 쿨하지 못한 사람이 좋다.

함께 찍은 사진을 보면

Ctrl+C + Ctrl+V 한 듯한 너.

다른 우리

이성친구 만날 땐 중간중간에 연락해주기
과거 얘기는 묻지도 말하지도 말기
얘기하는데 스마트폰만 보고 있지 않기
이직, 이사, 그 밖의 중요한 결정은 같이 상의해주기
같이 걸어갈 때 혼자 앞서가지 않기
'뭐 먹고 싶어?' 물어봤을 때 '아무거나'라고 대답하지 않기
데이트할 때 '뭐 할까?' 물어보지 말고 '뭐 하자!' 얘기하기
나는 한식, 너는 양식을 좋아하니 오늘 된장찌개 먹으면 내일은 파스타 먹기
서로의 영화 취향 강요하지 않기
내가 느리게 행동해도 재촉하지 않기

적어도 20년이 넘도록 다른 환경에서 살아왔으니,
생각도 행동도 가치관도 모두 다를 수밖에 없다.
그러니 아옹다옹 다투는 게 당연한 건지도 모른다.

서로의 다른 점이 관계를 이어나갈 수 없을 정도로
치명적인 게 아니라면,
수없이 부딪히고 알아가고 이해하면서
둘만의 규칙을 만들어가자!

그렇게 서로의 일상에 스며들 수 있도록.

너무 빨라! 속도 좀 줄여!
응! 나도 엄청 신나!

있는 그대로 들어줘

개떡같이 말했는데 찰떡같이 알아듣는 것까진 바라지 않으니,
찰떡같이 말했는데 개떡같이 알아듣지만 말아줘.

우리가 워터파크를 대하는 자세

그녀의 가방

스킨, 로션, 워터프루프 비비크림, 아이라이너, 아이브로우, 틴트, 선크림, 모자, 선글라스, 고데기, 속옷, 샴푸, 린스, 헤어팩, 바디워시, 샤워타월, 수건, 휴대전화 방수팩…

그의 가방

수영복

이상형 변천사

과거

쌍꺼풀 없는 눈, 보조개, 귀여운, 자상한, 공감 잘해주는, 유머 있는,
개그코드가 맞는, 책 좋아하는, 장난 잘 치는, 책임감 있는,
놀 땐 놀고 할 땐 하는, 날 무시하지 않는,
날 자랑스러워해주는, 연락을 자주 하는, 서로 대화가 많은,
친구를 잘 챙기는, 가족을 사랑하는, 술을 할 줄 아는, 건강한,
밥 잘 먹는, 솔직한, 쿨하고 멋진 사람.

현재

나를 아주 사랑하고,
내가 매우 사랑하는 사람.

WILL YOU
MARRY ME?

그랬으면 좋겠네

만약 결혼을 하게 된다면,
오래 사귀었기 때문이 아니라
나이가 들었기 때문이 아니라
결혼할 때가 되었기 때문이 아니라
이 정도면 괜찮다 싶어서가 아니라

사랑하기 때문이길.

그 사랑하는 사람이 비록
돈이 많이 없어도
대단한 직업을 가지고 있지 않아도
외적으로 특출나지 않아도

서로가 가장 우선에 있는 사이이길.

연예인 / 연인

모두에게 사랑받는 사람이라서
모두를 챙겨야 하는 사람은
몹시 매력적이지만,
결코 내 사람이라는 생각은 들지 않는다.

그보다 자신에게 소중한 한 사람을
외롭게 하지 않는 사람이
훨씬 더 멋지고 근사해 보인다.

만인의 연인이 아닌
나만의 연인

Miracle

내가 좋아하는 사람이
나를 좋아하는 기적

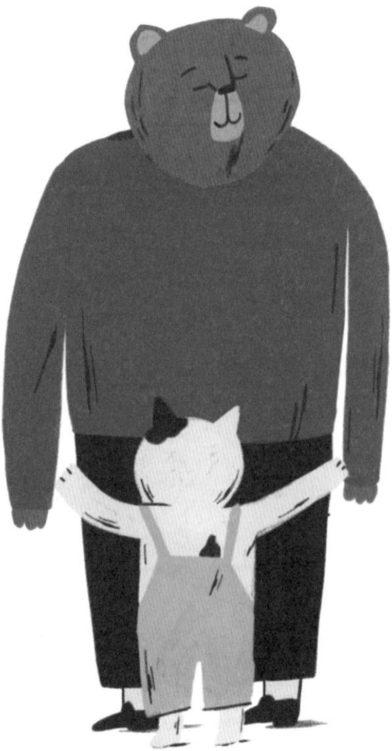

나를 좋아하는 사람을
내가 좋아하는 기적

사랑으로 가는 여정

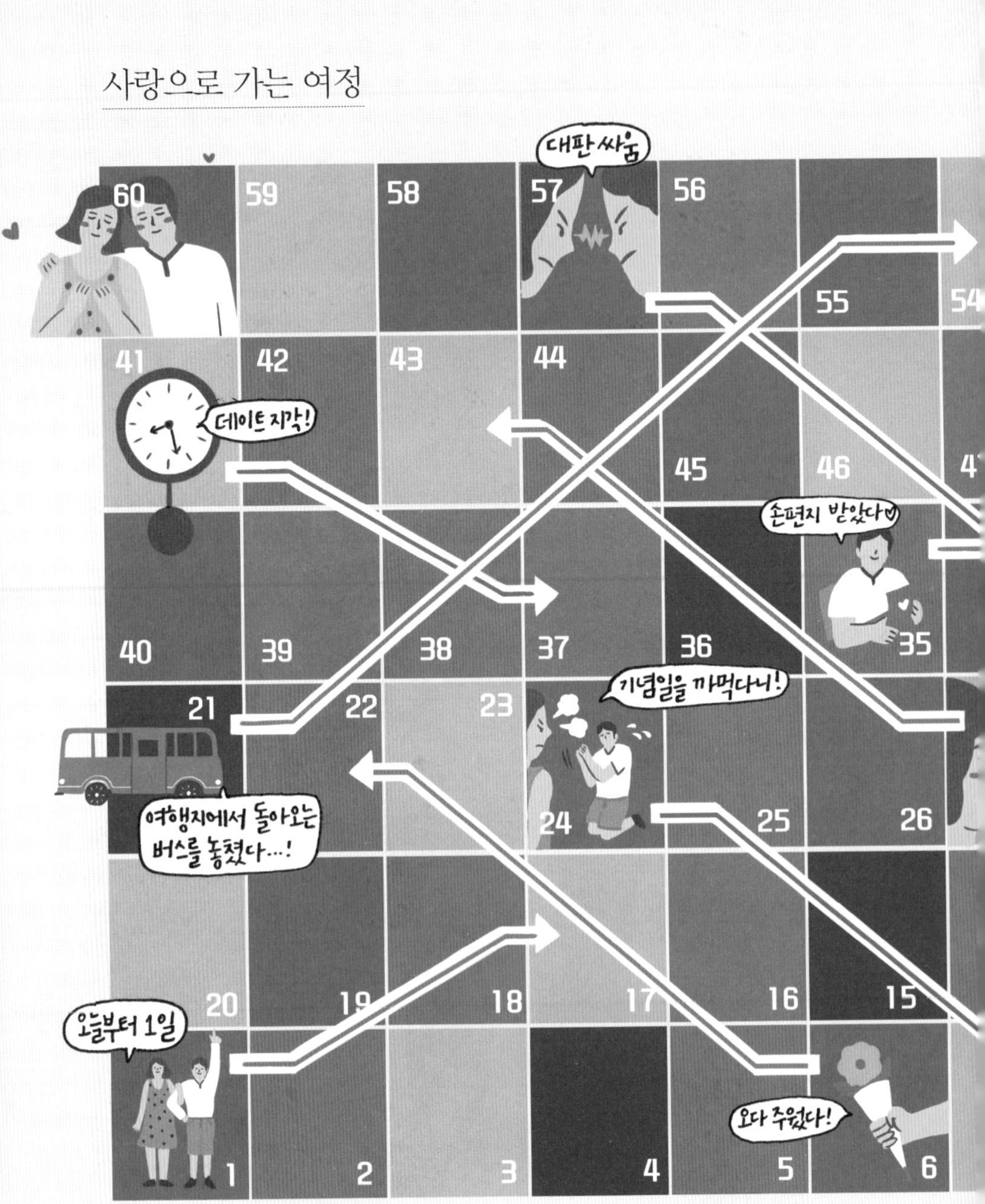

대판싸움
데이트 지각!
손편지 받았다♡
기념일을 까먹다니!
여행지에서 돌아오는 버스를 놓쳤다…!
오늘부터 1일
꽃다 주었다!
60
59
58
57
56
55
54
41
42
43
44
45
46
40
39
38
37
36
35
21
22
23
24
25
26
20
19
18
17
16
15
1
2
3
4
5
6

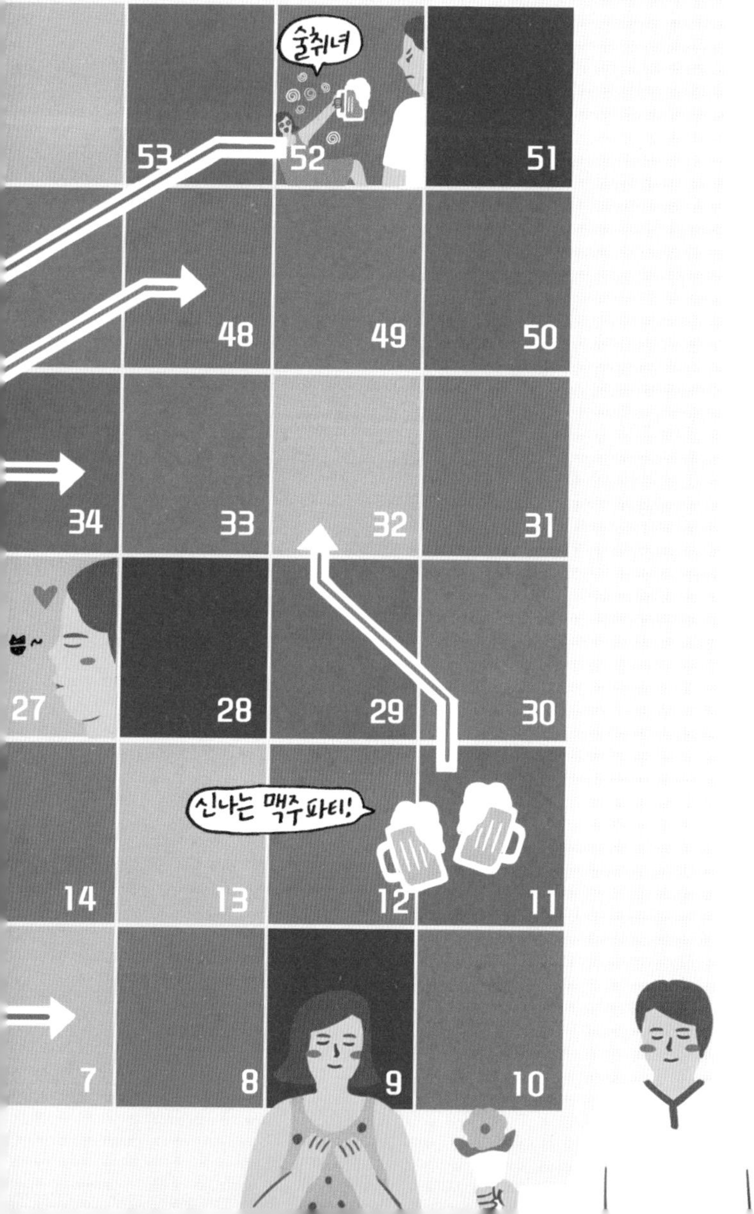

연인과 함께 해보세요.
먼저 도착하는 사람이 승!

사랑으로 가는 여정이
때로는 멀고 지치겠지만,
지루해하지는 말아요!

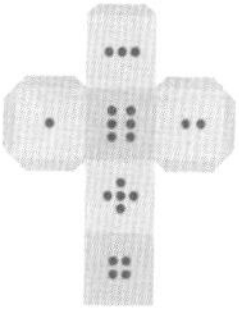

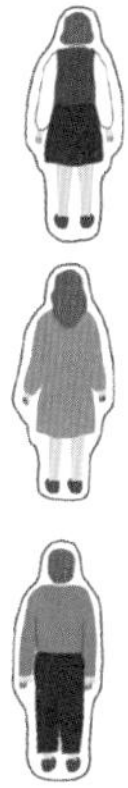

그들의 한 마디 한 마디에 너무 의미 부여할 필요는 없다.
그 말들에 숨겨진 마음이나 의미심장한 속뜻이 있을 것 같지만,
정말 그냥 하는 말이 대부분이기도 하니까.

무슨 생각해?
아무 생각 안 하는데?
나랑 말하기 싫어?
응? 아니~ 말해.
아냐, 됐어.
갑자기 왜 그래?
뭐지?
나한테 말하기 싫은가?
무슨 일 있나?
고민 있나?
비밀인가?
무념무상…

아오!!!
답답해!!

싸움의 정석

A : 화가 나면 순간의 감정을 숨기지 못하고 감정적으로 쏟아내야 직성이 풀린다.
B : 화가 난 상태에선 좋은 말이 나갈 수 없으니 일단 침묵을 지킨다.

A는 답답하고 B는 상처를 받는다.

A : 잘못한 일을 쿨하게 인정하고 빠르게 사과한다.
B : 며칠 삐친 상태를 유지하며 눈치 보다가 조심스럽게 말을 건다.

A는 홀가분하고 B는 찜찜하다.

서로의 방식을 조금씩만 닮는다면 모두가 행복할 텐데.

비포 선라이즈

어제 네가 한 말.
오래된 부부는 서로 뭘 할지 뻔히 알기에,
권태를 느끼고 미워한댔지?
내 생각은 반대야.
서로를 아는 것이 진정한 사랑일 거야.
머리를 어떻게 빗는지, 어떤 옷을 입을지,
어떤 상황에서 어떻게 말할 건지.
그게 진정한 사랑이야.

_영화 <비포 선라이즈>

지금 이곳의 우리가 좋다.

잊어줘서, 있어줘서

"넌 과거에 머물러 있는 사람 같아."
그런 말을 들은 적이 있다.
고백하건대 나는 추억만 먹고도 살 수 있을 것 같았던 추억성애자로
과거에 무척 연연하며, 과거에 사는 실수를 자주 범했다.

'그때 그랬어야 했는데.'
'진짜 좋았는데.'
'돌아갈 수 있다면 돌아가고 싶다.'

우리의 추억이 변질될까 걱정했고,
내가 간직하는 추억과 상대방이 간직하는 추억의 온도가
너무 다르면 어쩌나 두려워했다.
이왕이면 좋게 기억해줬으면 좋겠다고,
누군가의 기억 속에 나는 좋은 사람이고 싶다고.

하지만 이제는 안다.
지나간 사람에게 세상 제일 좋은 사람이어도
지금 내게 득될 건 아무것도 없다는 것을.
과거의 사람은 잊어줘서 고마운 거고
현재의 사람은 있어줘서 고마운 거라는 것을.

한때는 나를 스쳐 간 사람에게 좋은 사람으로 기억되고 싶었지만,
지금은 내게 머무는 사람에게 좋은 사람이고 싶다.

그럴 수밖에 없는 일

한 사람은 불완전하기에
두 사람이 만나 우리가 된다.

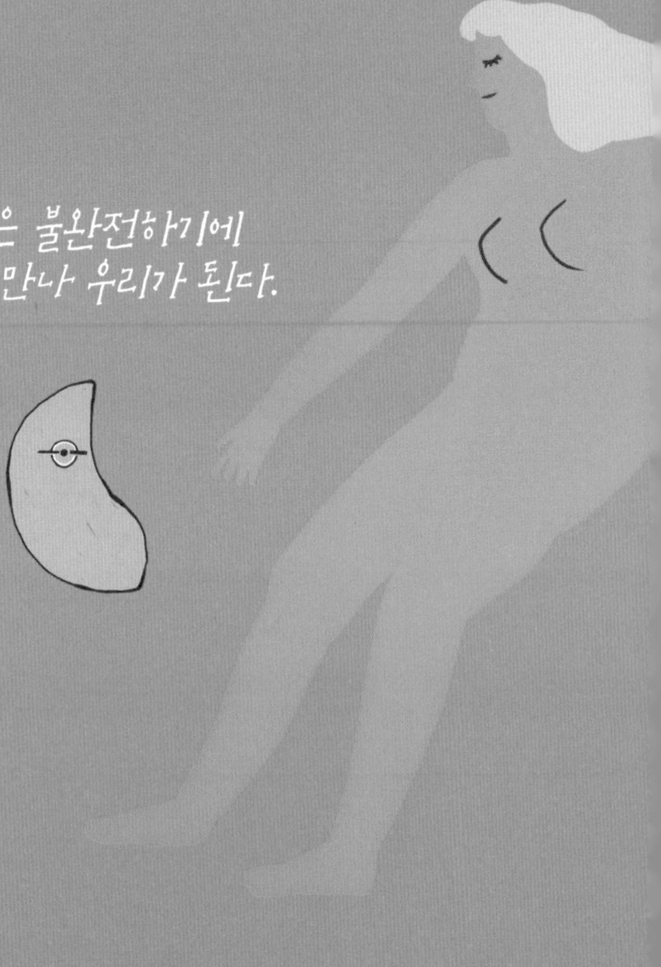

THE ORIGIN OF LOVE

-영화 <헤드윅>

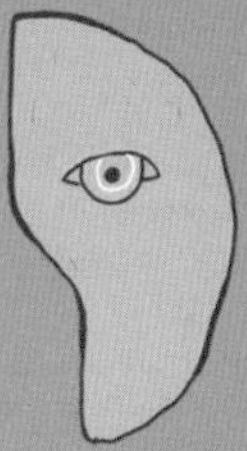

사랑의 경쟁자

일 년에 몇 번 없는 기념일.
모처럼 만에 함께 보내는 주말.
오래전부터 고대했던 여행.

여자는 약속의 날을 위해 수많은 준비를 한다.
뭘 할까, 뭘 먹을까, 뭘 입을까 고민하고,
그 사람을 위한 작은 선물을 준비하며,
하루하루 손꼽아 기다린다.

드디어 D-1.
늦은 저녁 갑자기 걸려온 남자의 전화에서
"내일 바쁜 일이 생겼어…"로 시작하는 말은
여자에게 사형선고처럼 들린다.
그 뒤에 구구절절한 "미안하다, 사랑한다"는 말은 들리지도 않는다.
"오빤 일이야 나야?"
"일이 중요해? 내가 중요해?"
"일이랑 사귀어? 나랑 사귀어?"
목구멍까지 올라오는 뻔한 투정을 애써 삼킨다.

때때로 사랑의 경쟁자는
멋진 외모로 내 남자를 유혹하는 여우들이 아니라
그가 하고 있는 일일 때가 있다.

미안해.
지금 급하게 일이 터져서
우리 팀 전부 회사로 오래….
내일은 꼭 영화도 보고
맛있는 것도 먹자♡
뭐…?

LET'S GO!
TOGETHER

마음의 속도

우리의 마음 속도가
아주 똑같지는 않겠지만,
크게 다르지도 않았으면.

때로는 누군가의 마음이 먼저
때로는 누군가의 마음이 더디게
그렇게 엎치락뒤치락하겠지만,
결국엔 엇비슷하게 흘러가기를.

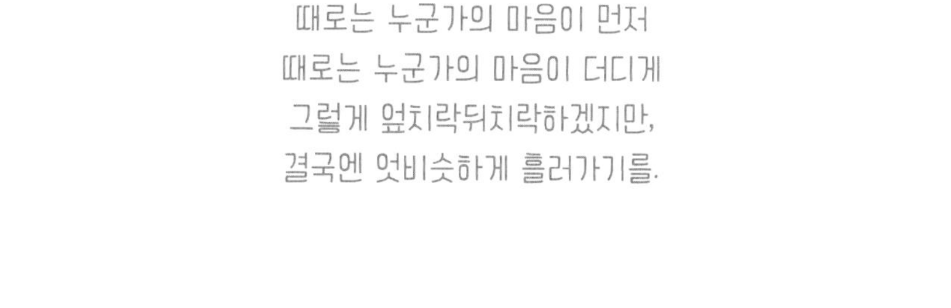

숨은 사랑 찾기

숨어있는 사랑

선물해주고 싶은 책

좋아하는 뮤지션의
한정판 CD

너만을 위한 꽃 한송이

따뜻한 커피 한잔

달콤한 간식

MY HEART
ONLY FOR YOU

어렴풋이

소크라테스는 "나는 사랑 외에는 아는 것이 없다"면서
사랑에 대해 이야기하기를 즐겼다고 한다.
그는 사랑을 '인류의 모든 문제를 풀 수 있는 유일한 지혜'라고 생각했는데,
2000년이 더 지난 지금까지도 "사랑이 무엇이냐"라는
질문에 대한 대답은 모두 제각각이다.

아직도 사랑이 무엇인지 잘 모르겠지만,
사랑을 말하는 누구의 생각도 틀리지 않다고 생각한다.

발 위에 발을 포개고 빙글빙글 춤추는 것
내가 좋아하는 노래를 함께 듣고 싶은 것
피곤하고 힘들지만 그 사람을 생각하면 웃음이 나는 것
예쁘고 근사한 것을 보면 그 사람에게 어울릴까 생각하는 것
맛있는 음식을 먹으면 제일 먼저 생각나고 나눠 먹고 싶은 것
혼자일 땐 귀찮아서 라면을 끓여 먹지만
그 사람을 위해서라면 즐겁게 파스타를 만들 수 있는 것
안경보다는 렌즈를 좋아하지만
안경이 잘 어울린다는 말에 매일 안경을 쓰는 것

이러한 마음들을 모두 담을 수 있는 두 글자가 **사랑**이 아닐까.

무드 인디고

사랑은 변덕도 심하고 너무나 어려워.
스쳐 지나가고, 깨지고 사랑은 너무나 약해.
사랑이 온 것만으로도 행운이라고 생각해.
사랑은 블랙이든 블루든 정해져 있지가 않아.
순간의 선택이 평생을 좌우하지.
사랑이 온 것만으로도 행운이라고 생각해.

_ 영화 〈무드 인디고〉 OST (mais, Aime La)

정해져 있지 않은 사랑의 색,
당신만의 사랑을 색칠해보아요.

당신의 사랑은
무슨 색인가요?

05

한때는 사랑했었多

뜨거움의 반대말

헤어진 다음 날

휴대전화와 방 안에 있는 그 사람의 흔적들을 모두 지울 것
헤어지던 상황을 머릿속으로 리플레이시키지 말 것
누구의 잘못이었고 잘했고 못했고를 따지지 말 것
그저 헤어진 사실만 받아들일 것
다시 만나도 달라지지 않는 상황이라는 걸 인정할 것
내 잘못은 인정하되 못난 사람이라고 스스로 자책하지 말 것

이별에 대처해야 할 여러 가지 방법이다.
분명 이 순간은 지나갈 것이고,
시간이 흐르면 그 사람의 이름도, 얼굴도, 목소리도
희미해질 것을 잘 알고 있다.

하지만 당장 내일 아침 눈을 떴을 때
휑한 휴대전화와 그 사람의 빈자리에 마음이 무너질 거라는 사실이
나를 힘들게 했다.

언젠가 괜찮아질 거라는 말이
지금 당장 죽을 것 같은 마음에 위로를 주진 못한다.
비단 이별 후라면 누구나 힘들 테니까.
울고 싶은 만큼 울되,
너무 오래 슬픔에 빠져있지 않길 바랄 뿐이다.

괜찮아진 내일은 언제 오는 걸까?

NOTHING

썸 대신 쌈

- 애인도 있으면서 "우리 언제 술 먹어?" 하고 찔러보는 애들
- 매일매일 연락하면서 "난 아직 전 여자친구(남자친구)를 못 잊었어"라며 밑밥 까는 애들
- "내가 예전에 너한테 관심 있었는데…" 과거형으로 쓸데없는 고백하는 애들
- 보름 간격으로 연락 와서는 "잘 지내? 애인은 생겼어?" 확인만 하는 애들
- 썸 기간이 길어져 우린 무슨 사이냐 물어보면 "난 사람 만날 때 신중해서 생각할 시간이 필요해" 하는 애들
- 잊을 만하면 전화해서 "네가 왜 애인이 없는지 모르겠다"며 의미심장한 척하는 애들

아, 정말 진심 없는 관심은 한 트럭 갖다 줘도 싫다!

밀고 당기기

처음에는 어느 정도 필요할지도 모른다.
하지만 시간이 지날수록 필요한 건
계산된 행동이나 반쪽짜리 마음이 아닌
그 사람에 대한 확신이다.

50퍼센트까지만 보여주는 사람을
100퍼센트로 믿고 사랑할 사람은 없다.

10%만
더 당겨볼까?

결국 꽃은 피지 않았다.

꼭 이럴 때만 희망적이지

무언가 점점 잘못되어 가고 있다 느껴질 때,
분명 그를 좋아하는데도 함께 있는 게 행복하지 않을 때,
변하지 않는 관계를 보며 계속 자기최면을 걸었다.

'이 사람은 다를 거야.'
'내가 노력하면 될 거야.'
'조금씩 좋아질 수 있을 거야.'

결국 더 불행해지고 바닥까지 보고 난 후에야 알 수 있었다.
애초에 상대방은 나에 대한 애정도
우리 관계를 지킬 마음도 없었다는 것을.
없는 마음은 노력으로 생기는 게 아니라는
아주 당연하고 명확한 사실을.

가질 수 없는 너

가질 수 없는 마음을 가지기 위해 상대방을 괴롭히지는 말자.
가질 수 없는 마음을 가지기 위해 스스로를 괴롭히지도 말자.

백 번 찍어 넘어간 나무는 죽은 나무인 것처럼
백 번 찍어 넘어간 상대의 마음도 이와 같을지 모른다.
시들어 너덜너덜해진 마음으로 시작하지는 말자.

난 괴롭고
넌 힘들 뿐이야.

왜 슬픈 예감은 틀린 적이 없나

내게 먼저 연락하는 횟수가 부쩍 줄고,
내가 먼저 연락해도 항상 답이 늦게 오고,
만남에 의욕을 보이지 않고,
약속을 잡아도 쉽게 잊거나 소홀히 여기고,
스킨쉽과 애정표현이 점차 줄어들었다.

삶에 가장 뜨거운 게 있다면
그건 언제나 사랑이길 바랐지만,
점차 식어가는 마음 앞에선 어찌할 도리가 없었다.

관심과 진심은 사라지고
핑계와 변명만 남은 관계는 위험하다.

'뭐가 이상한데?'
'이대로 괜찮은가?'
'이건 좀 아닌 것 같은데?'

이런 마음이 지속적으로 든다면
그건 진짜 아닌 거다.

연애의 끝을 알리는 신호,
슬픈 예감은 틀리지 않는다.

쌓여가는 그의 사과

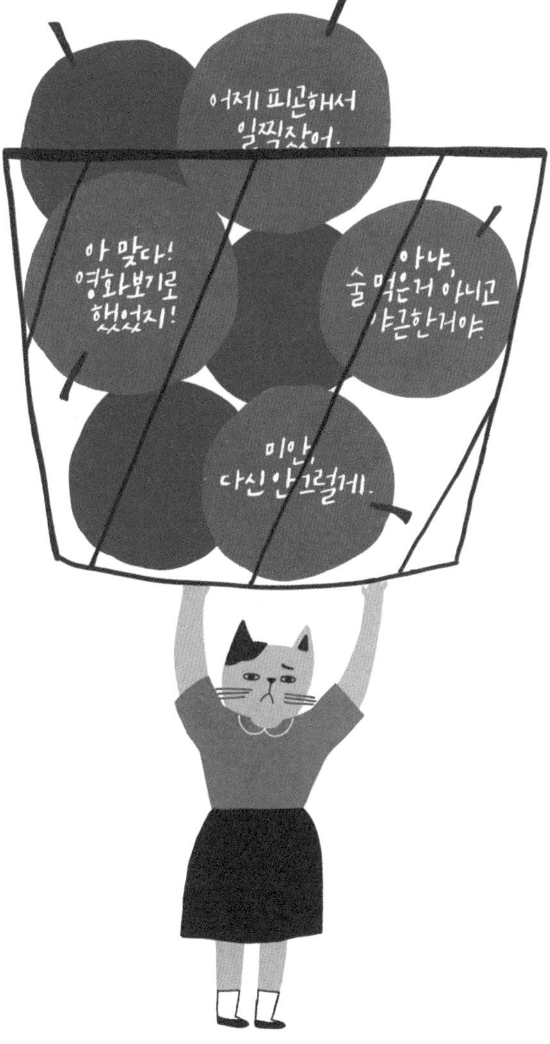

사라지게
해주세요.

없었던 일이면 좋겠다

- 친구한테 보낼 똥 마렵다는 문자를 썸남한테 잘못 보낸 기억
- 전 남친의 현 여친 SNS 구경하다가 실수로 친구신청 눌렀던 기억
- 대학교 때 옆 학교 남학생들과 2:2로 술 먹다가
  다 먹은 파전 접시에 토해서 토전 만들었던 기억
- 나 싫다고 잠적한 사람 집까지 찾아가 문 앞에 애절한 손편지 두고 온 기억
- 전 남친한테 전화했는데 안 받길래
  오기로 미친 듯이 전화하다가 차단당한 기억

생각하면 이불킥을 부르는 기억,
순식간에 얼굴을 화끈거리게 만드는 기억,
그 시절을 송두리째 없애버리고 싶은 기억이 있다.
창피한 기억만 쏙쏙 골라 지워주는 **흑역사 클리너**가 있다면
전 세계에서 선풍적인 인기를 끌 텐데.

사랑은 아닐 거야

'지금은 바쁘겠지.'
'조금 있다가 연락해야지.'
'회사 사람들이랑 같이 있나봐.'
'무슨 일이 있겠지.'
'나도 바빠져야겠다.'
'기분 나쁜가 봐.'
'원래 그런 성격이잖아.'
'기대도 안 했는걸.'
'나는 괜찮아.'
'나도 할 거 많은데 뭐.'

내 마음, 행동, 말투 하나 수백 번 다짐하고,
괜찮다, 아무것도 아니다 자기 최면을 걸고,
이런저런 가정을 하며 추측하고 계산해야만 유지되는 사랑은
사랑이 아닌 건지도 모른다.

?

THE WAY TO KEEP LOVE

LOVE PHARMACY

마음 처방전

연애를 망치고 난 뒤,
지나간 사람은 나를 불량품이라고 생각할지도 모른다.

'멀쩡한 줄 알았는데 불량품이었어.'
'금방 고장 났어.'
'몰랐는데 하자가 있었어.'
'이제 못 써.'

지나간 건 어쩔 수 없다.
내가 잘못한 걸 돌이켜보고, 상대가 잘못한 걸 원망해봐도
불량품이 되어버린 고장 난 사이는 도저히 고칠 방법이 없으니까.

다만 이제는 좀 달라지고 싶다.
더는 스스로를 불량품이라고 여기며 자책하고 싶지도,
망쳐버린 이전 연애를 현미경으로 들여다보며 수렁에 빠지고 싶지도 않다.

나의 쓸모가 빛을 발하도록,
서로에게 가치 있는 사이가 될 수 있도록,
새로운 사람에겐 온갖 병을 고치는 처방전 같은 사람이 되었으면 좋겠다.

오늘도 소원해본다.

지나간 누군가에게 나는 불량품일지도 모르지만,
다가올 누군가에게 나는 만병통치약이길!

배려가 아닐지도

"늦게까지 술 마시지 마, 우산은 챙겼어?"
"추운데 옷은 따뜻하게 입었어?"
"밥은 제때 먹어야지."

처음엔 그 사람의 잔소리가 고마웠다.
매사 사소한 것들을 하나하나 챙기며
나를 신경 써주는 모습이 예뻐 보였다.

그러나 시간이 조금 지나자
그 사람의 잔소리가 지겨워졌고,
나는 귀찮아하며 말했다.
"내가 알아서 할게."

어느 날부터인가 그 사람의 잔소리가 줄었다.
내가 생각해도 크게 잘못한 일인데 별소리 없이 넘어갔다.
가끔은 사소한 것에도 서운해하고 툴툴대며 조급해하던 그 사람이,
작은 것 하나하나 신경써주며 잔소리하던 그 사람이, 달라졌다.

너그러워진 건가?
드디어 나를 이해하게 된 건가?
불편한 진실을 깨닫는 데에는 그리 오래 걸리지 않았다.

애인이 내가 뭘 해도 관심이 없고 시큰둥하다면,
그건 나에 대한 마음을 접은 것이다.

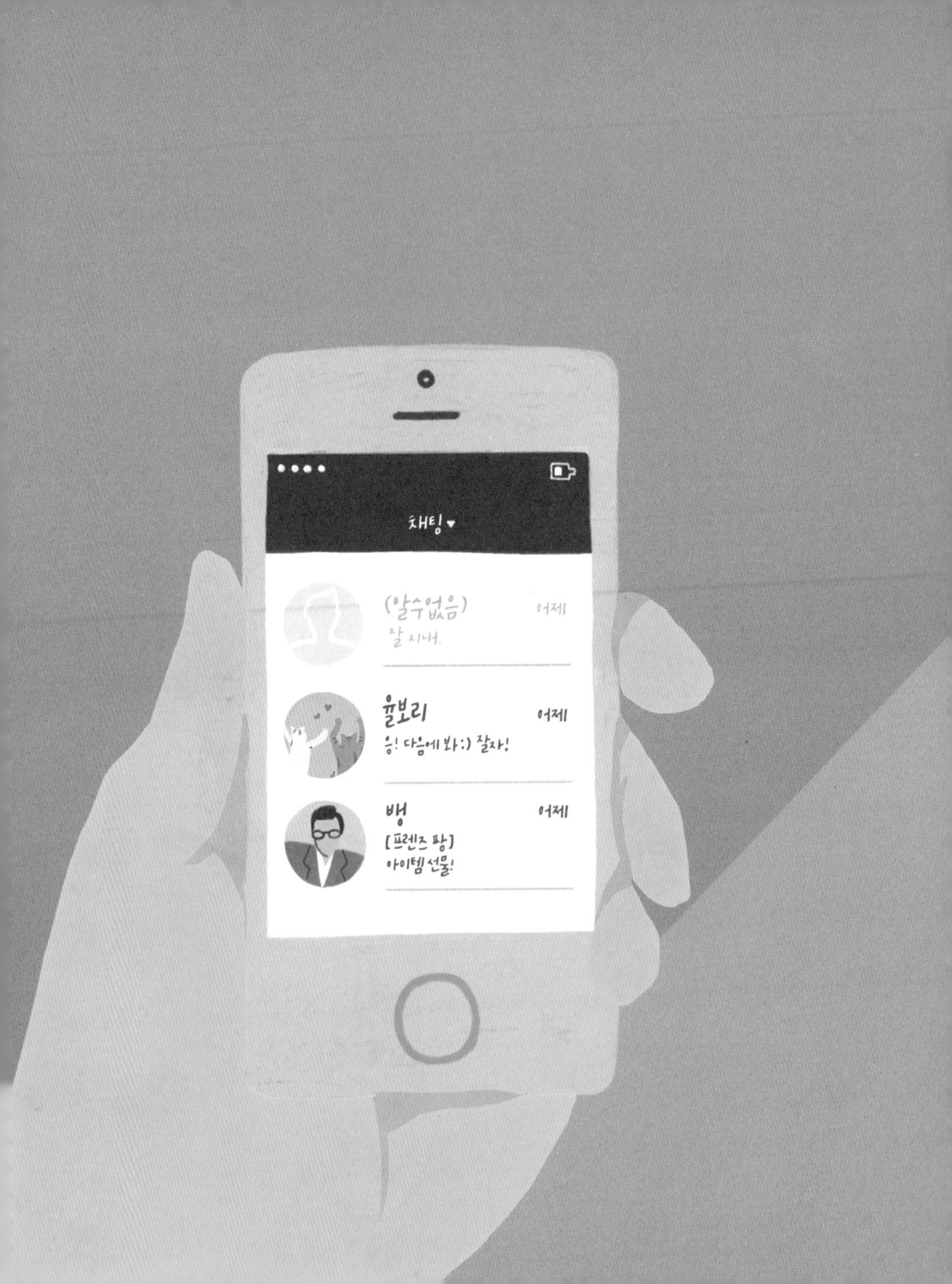

채팅
(알수없음)
어제
잘 지내.
율보리
어제
응! 다음에 봐:) 잘자!
뱅
어제
[프렌즈 팝]
아이템 선물!

오늘의 너를
나는 모른다.

왜 하필
여기서 약속이야~!!
X의 출몰지역에
진입하셨습니다.

함께였을 땐 언제까지고 곁에 머무를 사람이라 생각했는데,
헤어진 후에는 혹여나 스쳐 지나갈까 마음 졸이게 된다.

끝의 시작

사랑하다 상처받아도,
다시 사랑에 손 내밀수있는 사람이 되길.

도망쳐

바쁘니까 다 이해해달라 하고,
귀찮게 굴지 말라하고,
연락 없으면 기다리라 하고,
투정 부리거나 징징대지 말라 하고,
자기 할 것 다 하고 나서야
장식장에 넣어둔 인형 꺼내듯 찾아보는
그런 사람.

더 늦기 전에 도망치자.
내가 베푸는 호의와 마음을 당연한 권리로 생각하고
나를 액세서리 정도로 여기는 그런 사람에게서.

그러니까 말이지

제대로 된 이별의 말도 없이 찝찝하게 끝난 만남,
만나던 상대가 양다리도 모자라 문어다리로 바람을 피우고 있어 끝난 만남,
처음부터 끝까지 거짓뿐이었던 만남,
스킨십, 돈, 이성친구 문제로 싸우기만 했던 만남.

정말 잘해보고 싶었고, 한땐 정말 좋았지만
결국엔 상처만 남고 끝난 만남들이 있다.
좋게 끝나는 연애가 얼마나 있겠는가.
하지만 안 좋은 이유로 헤어지는 연애가 반복되면
자연스럽게 내상을 입게 된다.

'나는 왜 이러지?' '왜 맨날 이 모양이지?' '내가 이상한 건가?'
이런 생각들을 되풀이하다 결국,
연애는 인생의 낭비라며
어차피 헤어질 사람인데 뭐하러 만나냐며
주위에 철벽을 두르고 만다.

하지만 우리가 기억할 건,
과거에 힘든 연애를 몇 번 겪었다고
다음 만남도 그처럼 구질구질하진 않을 거란 사실이다.
똥차 가고 벤츠 온다는 말이 괜히 있는 건 아닐 테니까.
우린 언제 그랬냐는 듯 다시 행복해질 것이다.
결국 또다시 헤어지게 되더라도 말이다.

또 내가 나올 거라고 생각해?
날 뽑은 게 모두 네 잘못이라고 생각해?
JOKER
JOKER

그리움의 대상

네가 보고 싶은 게 아니고,
사랑했던 우리가 보고 싶은 건 아닐까.
너라는 사람이 좋았던 것보다,
너랑하는 사랑이 좋았던 건 아닐까.

우리의 주제곡

어떤 노래에 한 번 꽂히면 그 곡만 무한 반복하는 나는,
좋아하는 사람을 만나면 이어폰을 귀에 꽂아주며
"이 노래 들어봐! 진짜 좋아!" 호들갑을 떨곤 했다.

가수 이름과 노래 제목만 알려줘도 되지만,
직접 만나서 함께 듣는 게 더 좋았다.
이어폰을 한쪽씩 나눠 듣는 우리 모습이 예뻤고,
노래를 듣고 좋아하는 그 사람의 얼굴을 보는 게 기뻤다.

사랑이 끝났고,
사람은 떠났고,
시간은 흘렀고,
음악은 남았다.

길거리에서, 카페에서, 라디오에서
그 시절 우리의 ost 같은 노래가 흘러나올 때면
무방비 상태였던 마음은 속수무책으로 휘청대고 만다.

비록 실패했지만

사실 처음엔 당연한 거라 생각했다.
혹시라도 약속에 늦을 땐 미리 말해주고,
아무리 바빠도 점심시간엔 꼭 전화해주고,
술자리가 있을 땐 걱정할까 봐 틈틈이 연락해주고,
쉬는 날엔 피곤하더라도 꼭 얼굴 보려고 하고,
잘못한 일에는 변명 없이 미안하다고 말하는 게.

하지만 약속은 기다리게 하기 일쑤고,
전화할게 해놓고 잠드는 게 일상이며,
퇴근시간 다 되도록 문자 하나 없고,
주말은 쉬기 위해 있는 거고,
자존심 세우느라 미안하다는 말은 절대 못하는 사람.
생각보다 꽤 많더라.

쓸쓸해봤기 때문에 알 수 있다.
나를 향한 작은 배려들이 당연한 것이 아님을.
외로워봤기 때문에 알 수 있다.
나를 향한 이해와 관심이 얼마나 소중한 것인지를.

Lonely

봄이 깊어갈수록
꽃이 흐드러질수록
거리가 아름다울수록
더 외롭다.

06

결국엔 사람이多

마지막에 남는 것

세 가지 '연'

○○ 이 □□ 이라 느껴질 때,
우리는 그것을 △△ 이라 부른다.

힌트

1 모두 '연'으로 끝나는 두 글자 단어예요.

2 낯선 곳에서 ○○히 아는 사람을 만나면 무척 신기하죠.

3 □□ = 必然. 반드시 그렇게 될 수밖에 없다는 뜻이에요.

4 나쁜 △△으로는 '악연'이 있어요.

혼자인 어느 날

축축해진 마음을 깨끗이 빨아
볕 좋은 날 널어놓자.

의미 없는 사람들 때문에
너무 마음 쓰지 마.

That's Enough!

소중한 나를 위해

나를 사랑하지 않는 사람보다
나를 사랑해주는 사람이 훨씬 더 중요하다.

아주 당연한 건데도 우리는 자주
나를 사랑하지 않는,
나를 좋아하지 않는,
나를 아끼지 않는,
그런 사람들의 말과 행동에 휘둘리고 동요하며 상처받는다.

나를 향한 부정적인 언행을 아주 모르는 척할 수는 없다.
하지만 나를 사랑하는 사람들에게 고마워하는 시간보다
나를 미워하는 사람을 신경 쓰는 것에
더 많은 시간을 보낼 필요는 없다.
소중한 나를 위해 명심해두어야 한다.

나를 사랑하지 않는 사람이 아닌
나를 사랑하는 사람에게 마음의 초점을 맞추자!

슬기로운 생활

Q. 슬기로운 생활을 위해 문장을 바르게 연결해주세요.

1. 내가 맞다고 생각하는 것은 •
   - • 언제나 맞아요.
   - • 틀릴 수도 있어요.

2. 내가 확신했던 생각이 실제와 다르면 •
   - • 다름을 인정해요.
   - • 흔들리지 않고 계속 고집해요.

슬기롭게 살겠어!

'참으면 복이 온다'는 옛말이 있지만,
참는 것이 항상 좋은 것은 아니다.
인간관계에서든, 일을 하면서든
나만 피 흘리는 싸움이라면 참는 것이 낫고,
피를 흘리더라도 얻는 것이 더 크다면
싸우는 것도 가치가 있다.

지금 이 시간은 다시 오지 않으니,
하루라도 더 스스로를 챙기며 살았으면 좋겠다.

우울한 새벽

몸은 피곤한데 잠은 안 오고,
술기운이라도 빌려 걱정도 고민도 다 떨쳐버리고 싶은데 취하진 않고,
누구라도 보고 싶은데 철저히 혼자일 때가 있다.

I'M ALONE
AND NOT ALONE

혼자라도,
정말 혼자는 아닐 거야.

희망고문

"힘내"라는 말이 사람을 더 힘들게 할때가 있다.
밑도 끝도 없는 희망을 주는 말이
나를 무겁게 짓눌러 지치게 할 때가 있다.

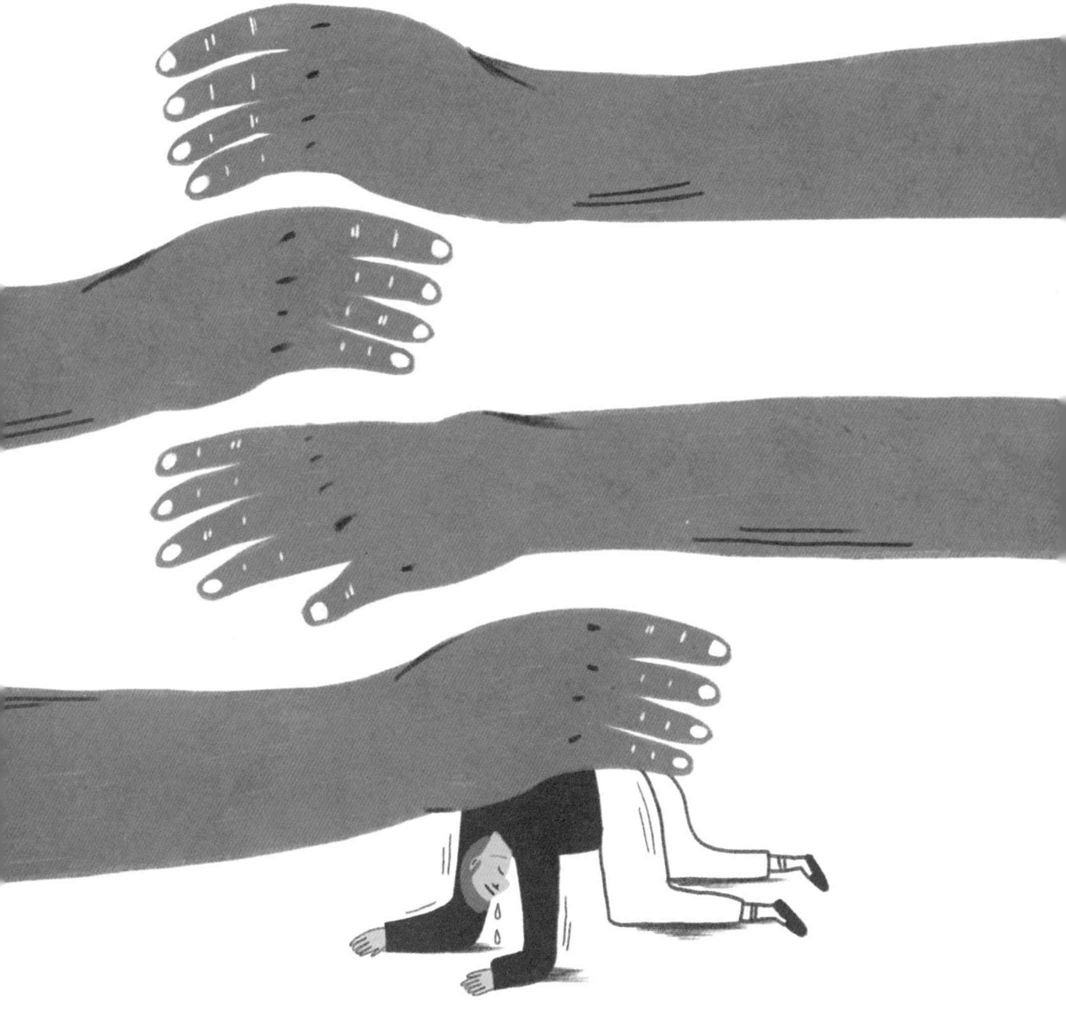

사람 또 사람

세상에는 다양한 종류의 사람이 있다.

예능은 안 봐도 다큐멘터리는 꼭 챙겨 보는 사람
액션 영화는 좋아해도 판타지 영화는 싫어하는 사람
비 오는 날엔 카페에 앉아 따뜻한 차 마시는 걸 좋아하는 사람
물은 꼭 보리차로 끓여 먹는 사람
유자차보다는 율무차가 좋은 사람
뼈 없는 닭발은 잘 먹어도 뼈 있는 닭발은 못 먹는 사람
소곱창보다는 돼지곱창을 좋아하는 사람
굽 높은 신발을 신으면 열 걸음도 못 걷는 사람
나랑 죽이 잘 맞는 사람
그리고
이유 없이 그냥 나랑 안 맞는 사람

살다보면 내가 딱히 잘못하지 않아도
사이가 틀어지거나 불편한 사람이 생긴다.
나랑 안 맞는 사람과의 관계는 노력해도 해결되지 않는 경우가 많다.
그러니 그들에게 일일이 상처받고 신경 쓰며 반응할 필요는 없다.
그냥 나랑 안 맞는 사람도 있다는 걸 인정하자!

한결같이

어릴 적 나는 부모님이 자랑스러웠다.
학창 시절 나는 부모님이 부끄러웠다.
어른이 되어서 나는 부모님이 안쓰러웠다.

부모님은 어릴 적 나를 자랑스러워했다.
부모님은 학창 시절의 나를 자랑스러워했다.
부모님은 어른인 나를 자랑스러워했다.

나는 변해갔지만,
부모님은 언제나 변함이 없으셨다.

내가 상처받았다고

다른 사람에게 상처 주는 못난 사람은 되지 말자.

희망을 버리지 말라는 말 대신

힘내, 괜찮아, 할 수 있어, 희망을 가져.
때로는 이런 말들이 너무 가혹하게 느껴진다.

결혼까지 생각했던 사람과 헤어져 사람 만나는 게 두려워졌을 때
심혈을 기울인 프로젝트가 한순간에 물거품이 되었을 때
몇 달 동안 생각한 아이디어를 다른 직원이 가로챘을 때
동기들 모두 승진했는데 나만 못 했을 때
좋아하고 믿었던 친구나 지인에게 배신당했을 때
몇 년째 취업이 안 돼서 하루하루 몹시 불안할 때

희망을 버리지 말라는 말 대신,
때론 절망해도 괜찮다는 말을 듣고 싶었다.

쓰러진 나를 억지로 일으켜 세우는 말보다,
다시 웃는 모습이나 강해진 모습을 바라는 말보다,
지친 내 옆에서 스스로 일어나길 기다려주며
힘든 게 당연한 거라고,
누구나 절망하면서 살아간다고,
어떻게 희망 속에서만 살 수 있겠냐는
그런 말이 듣고 싶었다.

HOPE
LESS

처음부터

엄마는 처음부터 밥하고, 빨래하고,
청소하는 일상을 가진 사람이라고 생각했다.
엄마는 처음부터 잘 견디고, 잘 참고,
잘 이겨내는 사람이라고 생각했다.
엄마는 처음부터 나의 짜증도, 투정도, 원망도
다 받아줘야 되는 사람이라고 생각했다.

아빠는 처음부터 가족을 위해 일하는 사람이라고 생각했다.
아빠는 처음부터 우리가 갖고 싶은 것,
먹고 싶은 것을 사줘야 하는 사람이라고 생각했다.
아빠는 처음부터 위험하고 힘든 건 도맡아 하는 사람이라고 생각했다.

엄마도 처음부터 엄마가 아니었고,
아빠도 처음부터 아빠가 아니었는데,
왜 당연하다고 생각했을까.

엄마라는 지붕

중국 쓰촨성 대지진이 났을 때,
무너진 집 사이에서 특이한 형상의 여자를 발견했다.
두 손과 두 무릎을 나란히 땅에 대고 등을 구부려 공간을 만든 모습이
마치 인간 지붕 같았다고 한다.
그녀가 죽어가며 필사적으로 만든 그 공간에는 놀랍게도
평온히 잠든 아기가 자줏빛 천에 싸여있었다.
아기 옆에 놓여있던 휴대전화엔
마지막 순간 엄마가 남긴 짧은 메시지가 있었다.

"사랑스러운 아가,
만약 네가 살게 된다면 꼭 기억해주렴.
엄마는 너를 사랑한다는 것을."

자신은 척추가 부러지고 피를 흘리면서
온몸으로 아기를 지킬 지붕을 만들어준 그녀처럼,
엄마는 우리 삶의 지붕이 되어준다.
삶에 거센 비바람 같은 힘든 일이 밀려와도
우리는 엄마라는 지붕이 있기에
용기와 힘을 얻으며 살아갈 수 있다.

그러나 시간이 지날수록
강하고 대단해 보이기만 하던 지붕이
늙고 약해지는 걸 느낀다.
그때 비로소 우리는 알게 된다.

엄마가 기꺼이 지붕이 되어 버틸 수 있었던 건
처음부터 대단한 사람이어서가 아니라,
원래 초인적인 힘이 있어서가 아니라,
오직 우리들 때문이라는 것을.
우리를 사랑하기 때문이라는 것을.

부모님 칭찬 일기

〈마음을 담은 30번의 칭찬을 부모님 모르게 적는 일기〉
어느 중학교 도덕 시간에 이런 숙제를 냈다고 한다.
처음에 학생들은 쑥스럽고, 어색해서 숙제를 잘하지 못 했다.

하지만 숙제를 하기 위해 부모님의 말, 행동, 표정을 관찰하고,
그런 관찰로 인해 부모님께 더 관심을 가지게 되고,
관찰과 관심이 칭찬으로 쌓일수록
이제껏 보지 못했던 부모님의 모습을 보게 되었다.

"엄마는 피부가 왜 이렇게 좋아?"
"아빠는 어떻게 처음 가는 길도 그렇게 잘 알아?"
"엄마가 해주는 닭볶음탕이 제일 맛있어."
"아빠는 뭐든 뚝딱뚝딱 잘 고쳐서 참 멋있어."

관심을 가지고 살펴보면 크고 작은 칭찬할 점이 많은데도
이제껏 살면서 부모님을 칭찬한 적이 거의 없었던 것 같다.
칭찬은 부모님께 받는 것이라고만 생각했지,
내가 먼저 부모님을 칭찬해야겠다고는 생각하지 못했던 것이다.

뉴스에서 본 선행의 주인공, 자수성가한 연예인,
노력으로 최고가 된 운동선수….
일면식도 없는 사람들은 쉽게 칭찬하면서
정작 나에게 가장 많은 것을 베풀고 희생하는
부모님에 대한 칭찬에는 소홀했다.
지금의 나를 있게 해준,
나를 이만큼이나 키워주신,
내겐 가장 대단한 분들인데도.

행복한 일

매일 행복하진 않지만
행복한 일은 매일 있어.

_영화 <곰돌이 푸>

에필로그

우리가 쓰고 그린 생각들이 정답은 아니다.
시간이 흐르면 마음이 변하고, 생각이 변하고, 좋아하는 것도 변할지 모른다.
사람 사는 게 다 거기서 거기라 공감하는 부분도 있을 것이고,
우리 모두는 다 달라서 이해되지 않는 부분도 있을 것이다.
그저 어떤 문장에 고개가 끄덕여진다면,
또 어떤 그림에 작은 울림이 생긴다면 무척이나 기쁠 것 같다.

함께 고생해준 출판사 식구들, 다양한 경험과 생각을 나눠준 지인들,
여러 감정을 안겨준 책과 영화와 노래들까지.
모두에게 감사한 마음이다.

그리고 몇 계절 동안 수없이 좌절하고 또 일어났던 우리 두 사람에게도
많이 수고했다고, 잘해왔다고 말해주고 싶다.

좋아서 사는 삶을 위해,
오늘 행복하자고.

좋아한다

글·그림 김혜민, 박명필

1판 1쇄 인쇄 2016년 8월 15일
1판 1쇄 발행 2016년 8월 22일

발행인 신혜경
발행처 마음의숲

대표 권대웅
편집 송희영, 김보람
디자인 고광표
마케팅 노근수, 황환정

출판등록 2006년 8월 1일(105-91-03955)
주소 서울시 마포구 동교로 144-13(서교동 463-32, 2층)
전화 (02) 322-3164~5 | **팩스** (02) 322-3166
페이스북 facebook.com/maumsup
ISBN 979-11-87119-81-4 (03810)

값은 뒤표지에 있습니다.

이 도서의 국립중앙도서관 출판시도서목록(CIP)은 e-CIP홈페이지(http://www.nl.go.kr/ecip)와 국가자료공동목록시스템(http://www.nl.go.kr/kolisnet)에서 이용하실 수 있습니다.
(CIP제어번호: CIP2016019080)

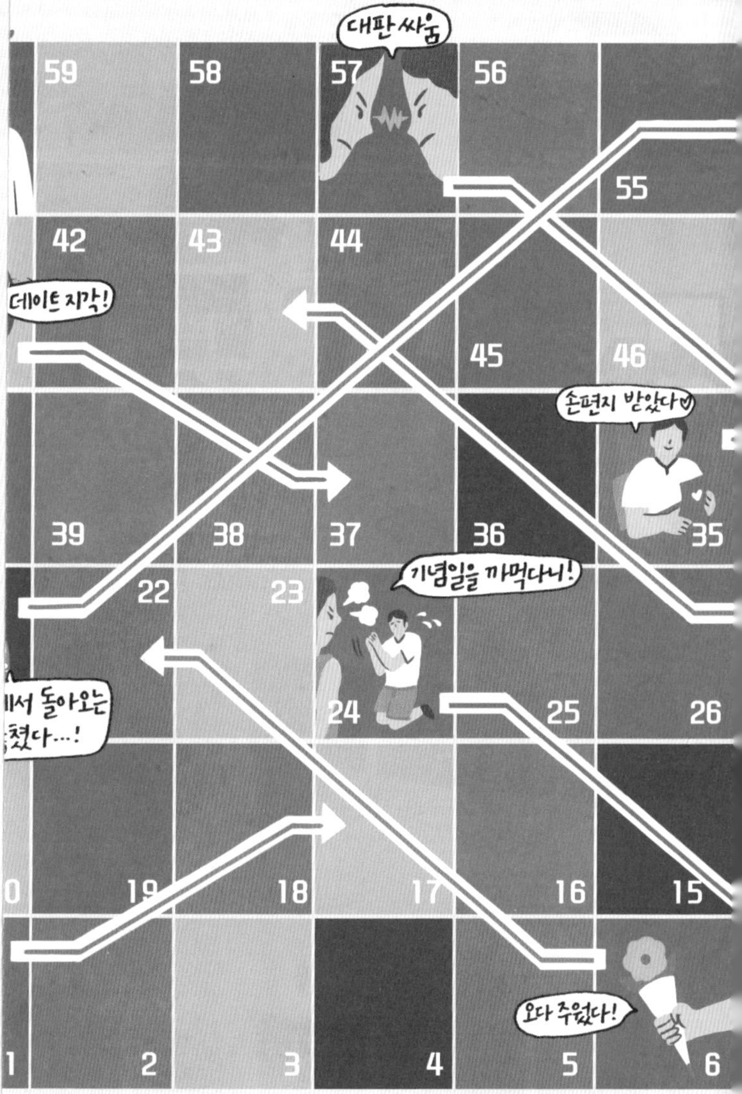
대판 싸움
데이트 지각!
손편지 받았다♡
기념일을 까먹다니!
오다 주웠다!

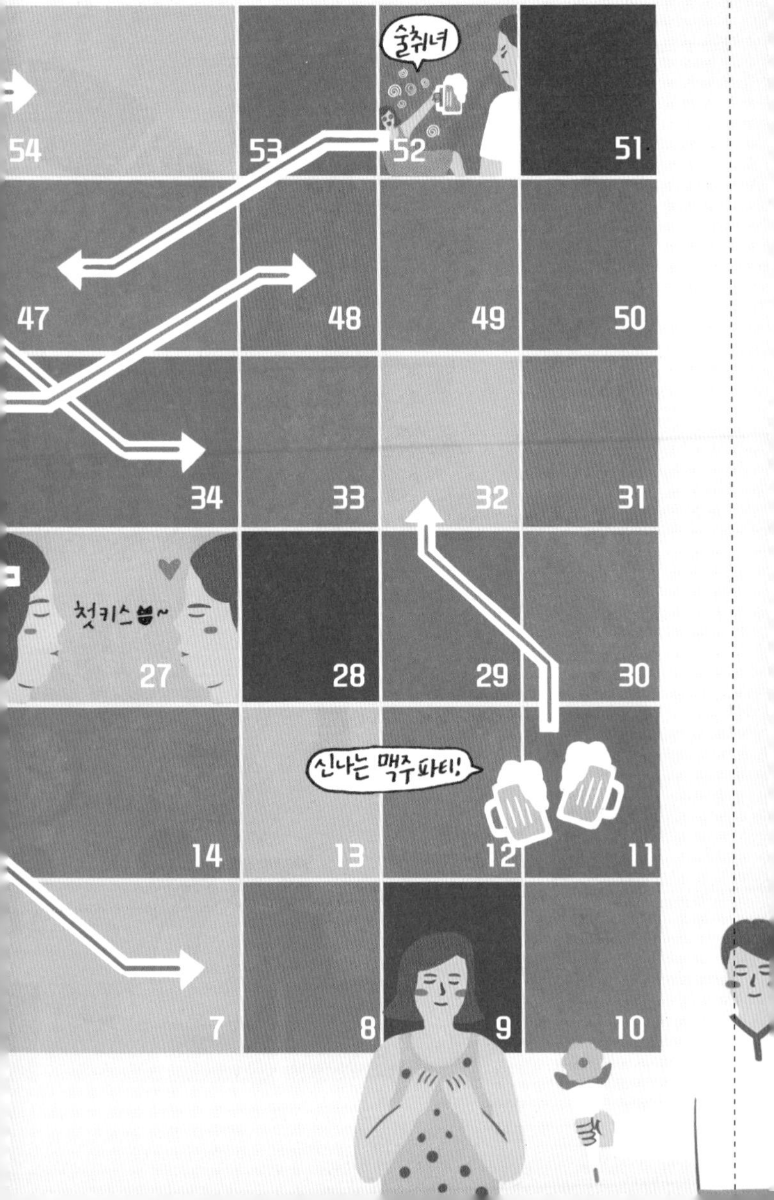
술취녀
54
53
52
51
47
48
49
50
34
33
32
31
첫키스
27
28
29
30
신나는 맥주파티!
14
13
12
11
7
8
9
10